짜층우돌
추ㅍ사
S ㅏㄴ기
H ㅠ ㅌ

작지만 강한 출판사
미시마샤의 5년간의 성장기

갈라파고스

한 권의 책이 사람을 성장시킵니다

—창립의 말을 대신하여

어린 시절을 돌이켜보면 제 주변에는 항상 책이 있었습니다. 그림책, 만화, 탐정물, 위인전 등 장르를 가리지 않고 책을 읽으면 반드시 '새로운 세상'과 만날 수 있었습니다. 예를 들면 『어린이 위인전 슈바이처』가 있습니다. '생명에 대한 경외'를 내걸고 평생 의료 활동에 종사하며 살아온 슈바이처를 보고 어린아이였던 저는 감명을 받았습니다. 그리고 가본 적 없는 아프리카의 대지를 상상했던 것을 지금도 선명하게 기억합니다. 책은 자신과 새로운 세계를 이어주는 소중한 친구 같았습니다. 돌이켜보면, 그 무렵 제가 만난 책 한 권, 한 권이 제 가능성을 넓혀준 것 같습니다.

나이가 들면서 만나는 책의 종류도 늘었습니다. 소설, 신서, 미스터리, 실용서 같은 책을 통해 현실 세계에서 살아가기 위한 지식이나 생각을 접할 수 있었습니다. 저에게 책은 훌륭한 선생님이

자 좋은 친구입니다.

'한 권'이 길러주는 상상력, 살아가는 힘, 그리고 '한 권'과 나누는 더할 수 없는 즐거움, 책에는 어떤 것도 대신할 수 없는 만남을 만들어주는 힘이 있습니다.

저희 출판사는 이런 '한 권의 힘'을 믿고 책을 만들려고 합니다.

마음을 담은 책은 어린이부터 어른까지 세대를 가리지 않고 즐깁니다. 읽은 사람들로 하여금 다른 세상으로 날아가게 합니다. 단 한 권의 책으로 사람은 성장할 수 있습니다.

'한 권의 힘'을 믿는 것, 이것이 미시마샤가 생각하는 원점회귀 原點回歸(미시마샤가 생각하는 출판의 본질—옮긴이)입니다. 대신할 수 없는 이 한 권을 통해 여러분과 만날 수 있기를 기대합니다.

2006년 미시마샤 대표
미시마 쿠니히로

처음으로 한국을 방문했던 것은 1992년 여름입니다. 고등학교 2학년 때 수학여행을 갔습니다. 오사카 남항에서 배를 타고 부산항으로 향했지요. 거기에서 점심을 먹은 뒤(인생 최초로 한국에서 식사를!), 버스를 타고 경주로 가서 당시 한국의 신칸센이라고 불리던 특급열차로 갈아타 서울로 들어갔습니다. 그리고 며칠간 머물렀지요. 그마저도 자유행동은 허락되지 않았지만……. 그래도 차창 너머로 보이는 풍경, 음식의 매운 맛과 기세, 사람들의 피부인지 입에서인지 나오는 압도적인 파워, 모든 것이 신선했습니다. 단지 첫 해외여행이어서 그랬던 것만은 아닐 것입니다.

"굉장히 재밌었어, 한국!"

귀국하고 나서 친구들에게 몇 번이나 말했습니다. 고등학생이었던 저는 한국이라는 장소에 완전히 매료되었습니다. 그 뒤 대학생 때 한 번 더 가본 게 전부이지만, 그 때 머무르고 나서 더욱 더 한국이 좋아졌습니다.

왜 나는 이렇게 한국에 끌리는 것일까?

이번에 졸저『좌충우돌 출판사 분투기』의 한국어판 서문을 이렇게 쓰는 와중에, 그 이유를 문득 알게 된 것 같은 기분이 듭니다. 지금 돌이켜보니 그 때의 한국이 가졌던 분위기가 정말 '계획과 무계획 사이' 그 자체였다고 생각하게 된 것입니다.

뭔가 대단한 기세로 성장할 때, 너무 효율성이나 계획성을 우선해서는 자랄 것도 자라지 않습니다. 그렇다고 해서 사회의 규칙이나 '상식'을 무시해서도 안 됩니다. 그 '사이'에서 최대한 느긋하게 움직여가는 것. 저는 그러한 행위를 '계획과 무계획 사이'라고 칭한 것입니다. 당시에 엄청난 경제성장을 달성한 한국에서 그런 힘을 느낀 것이 틀림없습니다. 또한 한 명의 시민으로서도 안정만이 아니라 모험을 좋아하는 기질을 가진 사람들이 많은 것 같습니다(아니라면 미안해요). 그런 한국과 거기에 살고 있는 사람들의 힘이 저에게 '계획과 무계획 사이'의 원초적 힘을 준 것일지도 모릅니다.

그래서 이 책을 한국의 독자들이 읽어주시는 것은 특별히 기쁜 일입니다. 세계화, 기업의 대기업화 등이 멈추지 않는 지금이지만, 그런 '거대한 것'에 눌리지 않고 '한 사람'의 인간으로서 생명력을 분출하는 날들을 보내야 합니다. 그러기 위해서 이 책이 조금이라도 도움이 된다면 기대 이상으로 행복할 것 같습니다.

미시마 쿠니히로

미시마샤에 사람들이
모이는 이유

지유가오카의 명랑한 출판사에는 때때로 이런저런 사람이 와서 온갖 이야기를 하고 돌아간다. 수줍게 웃는 사람이 있는가 하면 표정이 산뜻하고 밝은 사람도 있다. 개중에는 처음부터 골똘히 생각에 잠긴 것처럼 보이는 사람도 있지만, 그런 경우는 가끔이다. 대체로 미소를 띠고 "할머니 집에 온 거 같아"라고 말하며 활기찬 모습으로 와주기 때문에 고맙다. 하지만 미시마샤는 일단 출판사이므로 마감에 쫓기며 일한다(밖에서는 그렇게 생각하지 않는 것 같지만). 그래서 유감스럽게도 갑자기 방문한 손님들과 이야기할 수 있는 경우는 드물다.

　가끔 타이밍이 맞으면 조금이라도 이야기를 나누려 하지만, 꼭 이런 때 적당한 이야기를 하며 끝나기 일쑤인 것 같다. 그래도 내 경우에는 편집자의 좋지 않은 버릇이 발동할 때가 있다.

나는 출판사 대표이지만 편집자로도 일하면서 한 권의 책을 탄생시키는 일을 거든다. 내가 바라는 것은 '받아들이는' 힘이다. 배구로 말하자면 좋은 리시버를 맡는 것이다. 작가라는 언어의 마술사, 인생의 달인 같은 분들이 던지는 공을 보통이라면 받아낼 수 없을 것 같지만 받아내야 하는 것이 주요한 업무다. 물론 그 마구魔球에는 역시 '대단한 이야기', '누군가에게 절대로 전하지도, 말하지도 못하는 말'이 담겨 있는 경우가 많다. 하지만 그런 말을 편집자가 받아내지 않으면 책 한 권의 완성도는 낮아질 뿐 아니라, 자신의 일을 제대로 완수할 수 없다. 그렇기 때문에 '받아내는' 힘을 연마하며 하루하루를 보내고 있다.

그러기 위해 독자분과 툭 터놓고 이야기할 때, 정신을 차려보면 흘려보내도 되는 공마저 받아버릴 때가 있다. 대단히 근사한 미소를 짓는 분이 잠시 슬픈 표정을 보이거나 쾌활하게 이야기하는 도중에 갑자기 부자연스러운 공백이 생기거나 할 때, 그분에게 무언가가 있음을 눈치 챈다.

분명 마음에 무언가를 담아둔 게 틀림없다.

명확하게 의식하는 것은 아니지만 결과적으로는 그렇게 느끼는 것 같다. 그것도 슬퍼 보이는 표정이나 부자연스러운 공백이 있고난 뒤, 물어보지 않았는데도 상대방이 이야기를 꺼내기 시작하는 경우가 간혹 있어서 아는 것이다. 예를 들어 그분과 처음 만난 사이라 하더라도.

아르바이트를 하며 생활하는 청년은 "제가 직업으로 삼고 싶은 일도, 하고 싶은 일도 찾지 못했어요"라고 무언가에 겁먹은 듯이 말한다. 20대 후반의 커리어우먼으로 보이는 여성은 "어딘가 먼 섬으로 이사 갈까"라고 작게 중얼거린다. 30대 초반으로 보이는 여성은 이렇게 말한다. "어느 날 남자친구와 갑자기 헤어졌는데 그 이후로 모든 게 나한테서 도망가는 기분이 들어. 혼기도 그렇고 직업운도 그렇고 건강운도 그렇고." 50세 전후의 여성은 "결혼하고 모든 게 나빠졌지. 다른 사람하고 결혼했더라면 어땠을까, 이런 생각을 하기는 하죠."

물론 나는 상담사도 점쟁이도 아니다. 그래서 그런 이야기를 들어도 적절한 조언을 해줄 수 없다. 대체로 "그래요?"라고 말하며 고개를 끄덕이는 정도다. 그런데도 그 후에 봇물 터지듯 여러 이야기가 쏟아져 나온다. 자세한 내용은 생략하겠으나 그 이야기들의 공통점은 어딘가 한없이 슬픈 톤으로 채색되어 있다는 점이다.

"이런 생각이 아니었어."

"어째서 이렇게 돼버렸을까……."

지나간 일을 반쯤 후회하며 돌이켜본다. 아마 무의식적일 것이다. 그런데 그것이 일상에서 습관처럼 되어 있기 때문에 이런 때에 갑자기 솟구치는 것이다. 그런 이야기를 들을 때마다 '확실히 한 번 일어난 일은 되돌릴 수 없구나'라는 생각이 스쳐 지나간다.

지유가오카 거리에는 또 약간의 슬픔이 내려 쌓인다.

* * *

어째서 이런 이야기를 듣게 되는 걸까. 그 이유를 생각해보면 첫 번째로는 미시마샤가 마음 편하다(=오기 쉽다)는 게 있을 것이다. 문턱이 낮다고 생각하는 것이라면 그건 정말 기쁜 일이다. 그런데 요즘 들어서 생각해보니 꼭 그렇지만도 않은 것 같다. 어쩌면 나의 경험과 관련이 있을 수 있겠다고 생각하게 되었기 때문이다.

여기에서 잠시 개인적인 이야기를 하는 것을 허락해주었으면 한다. 갑작스러운 이야기지만, 과거의 나는 엉망진창이었다. 생각과 행동 사이에 연관성이라고는 전혀 없었고, 매일 즉흥적인 생각과 충동만으로 움직이는 사람이었다.

　회사 생활 1년차이던 24세 무렵, 아버지의 병환으로 집에서 하던 장사는 재기불능이 되었고, 이때까지 살았던 정든 집을 팔아야 했다. 갑자기 20년 가까이 살던 집을 잃게 된 것이다. 어찌나 급하게 일을 처리했던지, 준비도 제대로 못한 채 이사를 가는 데에만 급급했다. 그 무렵 나는 도쿄에서 일하고 있어서 이사 전날과 당일 정도에만 일을 거들었고, 그 때문에 대부분의 물건을 버려야 했다. 어릴 때부터 나와 함께 성장한 가장 좋아하는 책들 가운데 태반을 챙기지 못했다. 혼자 사는 좁은 원룸에 둘 수 있는 책은 한정되어 있으니까. 그러나 그때의 나에게는 슬픔을 느낄 여유 따위 없었다. 슬픔에 싸여 있다가는 부모님도 나도 쓰러질 수밖에 없었기 때문이다.

　후에 여행을 떠난 곳에서 보게 된 '노동하면 자유로워진다 Arbeit macht frei'라는 마음에 들지 않는 문구는 나를 위해 있는 것 같았다. 사실 그때 나는 일하고 또 일했다. 마치 처음부터 돌아갈 집 따위는 없었던 것처럼. 뒤돌아보는 것을 허락받지 못한 것처럼. 하지만 집을 잃고 3년이 지났을 때, 나는 근무하던 출판사를 그만두기로 결심했다. '여행을 떠나자'는 충동에 사로잡혔기 때문이다. '세계를 여행하지 않으면 나는 죽을지도 모른다!' 20대 중반이던 그때 그런 생각이 내 안에서 솟구쳤고, 회사도 그즈음 그만두었다.

"앞으로 한 달만 있으면 보너스를 받을 텐데."

사실 한 달가량 더 근무했으면 수십만 엔의 보너스를 받았을 것이다. 하지만 그 한 달은 스스로에게 거짓말을 하며 사는 기간이다. 그런 상황을 허용해버린다면……. 육체는 존재하더라도 실체로서의 정신은 죽어버린다.

그렇게 동유럽을 중심으로 약 4개월간 여행을 떠났다. 하지만 부모님과 나 아무도 수입이 없는 상황이었다. 물론 그 정도는 일을 그만두기 전에 예상한 바였기에, 부모님에게는 40만 엔 정도의 돈을 드렸다(그러자 통장에는 여비만 남았다). 내가 허덕이는 거야 신경 쓰지 않았다. 오히려 바라는 바였다. 그래서인지 바라던 대로 일이 진행되었다(세상 참 잘 돌아간다). 나는 훌륭하게 무일푼이 되었다. 부다페스트에서 지갑(현금이 잔뜩 든!)을 도둑맞아서.

그 후로도 매서운 나날이 이어졌다. 귀국하고 나서 들어간 회사는 나와 너무 맞지 않아서 미칠 것 같은 분노에 시달렸다. 퇴사 직전 무렵에는 실어증 비슷한 증세가 나타나기도 했다. 마음속에서는 뭉게뭉게 말이 소용돌이치는데, 입 밖으로는 그게 나오지 않았다. 항상 목구멍 안에서 막혀버려서 여태까지 한 번도 밖으로 나오지 못한 것처럼.

하지만 그런 개운치 않은 나날은 갑작스레 끝을 고했다. 자세한 것은 이제부터 쓰겠지만, 어떤 예고도 없이 어느 날 '출판사를 만들자!'고 생각했기 때문이다. 그렇게 생각한 순간, 눈앞에는 놀라울 정도로 어제까지와 다른 광경이 펼쳐져 있었다. 눈에 들어오는 풀과 나무는 물론, 공기마저도 반짝반짝 빛나며 내게 다가왔다. 자전거를 타고 몇 번이나 지나가면서도 별 감흥을 느끼지 못했던 거리도 갑자기 사랑스럽게 여겨졌다.

그리고 나는 마침내 깨달았다. 이런 것은 그다지 특별한 풍경이 아니다. 오히려 이쪽이 '평범한' 것이다.

돌이켜보면 예전의 나는 평범한 풍경조차 볼 수 없는 상태였다. 제멋대로였던 나는 일부분만을 보고 화내고, 슬퍼하고, 그것만이 전부라고 인식했음에 틀림없다. 자신을 작은 세계에 가두고는 괴로워했던 것이다. 그러나 출판사를 만들자고 결심한 순간, 나는 다시 세계와 '연결'되었다.

* * *

물론 지금 이야기한 것은 틀림없이 아주 개인적인 경험이다. 하지만 그렇다고 해서 이런 일이 거대한 흐름(예를 들면 시대의 흐름 같은 것)과 완전히 뚝 떨어져서 일어났다고 단언할 수 있을까. 책을 보며

자라고, 책 만드는 일과 만나, 출판계에서 살아가기로 한 내가 그 당시 느꼈던 답답함은 출판계가 빠져 있는 갑갑함과 상관이 없는 것일까?

출판사를 만들자고 문득 떠올렸을 때, 동시에 생각했던 방향성은 '원점회귀하는 출판사'였다. 그 말을 떠올렸기 때문에 나 자신을 회복하는 길을 발견할 수 있었던 것 같다.

즉 이런 것이다. 예전부터 내가 괴로웠던 것은 '지금까지'의 방식에서 한 걸음도 벗어나지 못한(또는 벗어나야 한다고 진심으로는 생각하지 않는) 세계에서 살았기 때문이다. 그랬던 것이 '지금부터'의 방식, 그러니까 미래를 구축해가는 방법이라고 조금이라도 내가 믿는 방법을 받아들이는 순간, 활력이 생겨났다. 갈 곳 없는 분노나 울적한 딜레마 같은 것들로부터 완전히 해방되었다.

지금은 그것이 힘이 향하는 방향의 문제였음을 절감한다. 요컨대 그 힘이 과거를 향하느냐, 그렇지 않으면 미래를 향하느냐의 문제다.

그렇다. 힘이 미래를 향하는 것만으로도 내 안에서 세계의 문은 활짝 열린다. 그렇게 되면 분명 생각도 느긋해진다. 굳이 나쁘게 말하자면 겁이 없어진다. 그래서 조금 겁이 없어진 내가 이런 질문을 던지는 것은 오히려 자연스러운 일일지도 모른다.

일본에서 고도경제성장이 끝난 1975년에 태어나, 고등학생 때 버블경제의 붕괴를 겪고, 한신·아와지 대지진이 일어난 해에 대학생이 되어, '불황 또 불황, 취직빙하기'라는 연호 속에 회사원이 되고, 경제성장이 끝난 지 오래라는 일본이라는 나라에서, 그것도 사양길을 걷는 출판업에 발을 담근 나. 그런 시대 상황에서 살 수밖에 없었던 것과 나의 이런 개인적인 일들은 상관이 없던 것일까?

일단 문이 열린 머릿속에서는 이 같은 질문에 뒤이어 한층 더한 질문이 자연스럽게 밀려들어온다.

많은 사람들이 말하길, 지금 일본은 세계화라는 새로운 시대의 규칙을 따른다고 한다. 그래서 일본 경제가 실추되었다고 한다. 하지만, 정말로 그럴까? 새로운 규칙을 따르지 않으면 정말로 살아갈 수 없는 것일까? 오히려 스스로 다음 시대의 규칙을 만들어갈 수는 없을까? 그러기 위해서 일단 원점으로 돌아가자는 선택은 할 수 없는 것일까.

어째서 이런 것을 말하느냐 하면 그저 겁이 없어져서가 아니다. 일단 세계의 흐름을 따른다는 발상 그 자체에서 벗어나지 못하면 개인과 세계의 연결도 회복하지 못하는 게 아닐까 하고 평소부터 어렴풋이 느끼고 있어서다.

물론 정확한 이유는 모르겠다. 계속 생각하고 있지만, 잘 모르겠다. 이런 일상적인 것마저 모르고, 경영만은 절대 안 하겠다고 생각했던 내가 어느 날 출판사를 차리자고 결심한 것은 도대체 왜일까? 지금 생각해보면 그럴 수밖에 없었는데도, 그런 선택은 '절대로 안 한다'고 정해놓았으면서 왜 창업하기로 한 것일까? 반대로 '절대로 안 한다'고 정해놓았던 것은 왜일까?

또 여러 사람에게 지적받았던 것처럼, 미시마샤라는 회사는 어떻게 돌아가는 것일까? 최근에는 자본금이 없더라도 법인을 설립할 수 있고, 회사를 만드는 절차도 간단해졌지만 경영을 지속하기는 어렵다고들 한다. '창업한 회사의 절반이 1년도 못 간다. 3년 버티는 회사는 10퍼센트 정도'라는 말을 들은 적도 있다. 거기다 누구나 이구동성으로 불황이라고 단언하는 출판계에서, 연간 6권의 신간만 내고 6~8명의 사원과 함께 어떻게 회사를 유지할 수 있는 것일까? 좀 더 말하면 사업계획조차 세우지 않은 회사가……. 어떻게?

잘 생각해보면 내가 여러 가지 것을 알고 있는 것은 아니다. 5년 전 혼자서 창업한 이후 직감만으로 돌진해왔을 뿐이다.

최근에는 왠지 모르게 희망적으로 생각하는 것이 있다. 앞에서 말한 것처럼 '여러 사람의 가지각색의 이야기'가 미시마샤에 모여드는 것도 지금 우리가 서 있는 '어기'라는 세계가 넓어지는 것을 사람들이 느껴서가 아닐까.

뭐, 이것도 저것도 잘 모르겠다. 뭘 잘 알지도 못하는 사람이 이 책에서 무엇을 말하려는 것일까?

처음부터 미리 말해두겠다. 당연한 일이지만 이 책을 읽는다 해서 성공하는 데 필요한 무언가를 얻지는 못한다. 이유는 명쾌하다. 나도 미시마샤도 정말로 성공한 것은 아니기 때문이다. 경제적인 면에서 보면 5년 된 지금도 '아주' 발버둥치는 중이다.

그런 의미에서 이 책은 지극히 개인적인 동기를 바탕으로 썼다는 점을 먼저 말해두고 싶다.

　과연 제멋대로였던 나와 제멋대로인 출판계 한구석에 둥지를 튼 미시마샤라는 법 '인' 이렇게 둘이 어떻게 해서 (거창하게 말하자면) 세계와 계속 연결되고 있는가. 그것을 지금 나 자신도 알고 싶다고 생각하며 이 책을 엮게 되었다. 그 과정에서 앞에서 말한 내가 '모른다'고 생각하는 질문들이 명확해지면 좋겠다.

　그런 동기에서 이제 이 책을 막 쓰려 한다.

2011년 7월

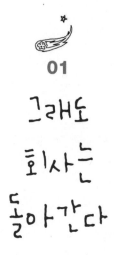

01

그래도
회사는
돌아간다

안녕하세요

처음 뵙겠습니다. 미시마 쿠니히로입니다.
오늘부터
드디어 미시마샤가 출발합니다.

많은 분들이 마음에 들어 하실 책을
한 권, 한 권 마음을 담아 발간하려 합니다.

'꿈이 있는 출판사'
'밝고 즐거운 출판사'

이런 회사를 만들고 싶습니다.

세 끼 밥보다 책 만드는 게 좋아!
그런 열정적이고 젊은 분들이
생기 넘치게 일하는 회사가 목표입니다.

그러기 위해서라도 우선은 혼자서 도전합니다.
한 걸음 한 걸음, 착실하게 전진하고 싶습니다.

부디 응원만큼은 오래도록 해주시길 부탁드립니다.

미시마샤는 버젓한 주식회사다. 그것도 2006년 10월에 도쿄도 메구로구에서 법인 설립도 마친 매우 평범한 회사다.

그렇지만 주변에서는 평범한 회사라고 생각하지 않는다. 그 증거로 2010년 5월에 입사한 호시노는 "미시마샤에 들어오기 전에는 뭘 했어?"라고 물어보면 "전에는 평범한 회사에 있었죠"라고 대답한다. 어이, 이봐……. 매번 이렇다. 유감스럽게도 사원들부터 평범한 회사라고 생각하지 않는 회사, 그게 미시마샤다.

실제로 "괜찮아?"라는 말을 들을 때가 많다. 때때로 취재를 받으면 인터뷰어에게서도 "도대체 이 회사는 어떻게 해서 돌아가는 겁니까?"라는 질문을 받는다. "연간 나오는 출간 도서가 6권 정도죠? 거기에 사원이 6~7명. 거 참, 수수께끼네." 꽤 친한 동료 편집자에게서도 "(어떻게 경영을 하는 건지) 정말 모르겠어"라는 말을 여러번 들었다.

이것도 저것도 다 미시마샤를 걱정해서 하는 말이라 생각하니 고마운 일이다. 여러분 덕분이라고 말할 수밖에.

그렇기는 해도 확실히 주변의 걱정을 사기는 한다. 그것도 그럴 것이 다음과 같은 일상을 보내고 있으니, 어쩔 수 없는 일일 터…….

* * *

지유가오카역에서 도보로 8분. 조용한 주택가 한구석에 지은 지 50년 된 집이 한 채 있다. 모든 방에 다다미가 깔린 그 집 2층에는 다다미 6장 크기의 방이 4개 있다. 그중 한 방이 회의실이 되었다. 커다란 테이블이 하나, 의자가 4개. 유감스럽게도 다 싸구려다. 그 공간에 여자가 한 명, 건너편에 남자가 한 명 앉아 있다.

"저기……."

여자가 말했다.

"네, 뭔가요?"

건너편에 앉은 남자는 몹시 자신만만하다.

"별것 아닌 질문입니다만, 귀사는 사업계획서 같은 게 없으신가요?"

불안해 보이는 눈빛으로 남자를 보는 여자. 자신만만하던 태도는 어디 갔는지 갑자기 남자의 눈이 요동치기 시작했다. 다른 사람이 보기에도 명확하게 동요하고 있다. 아마 아픈 구석을 찔린 모양이다. 사실 그때 남자의 머릿속에는 이런 생각이 떠오르고 있었다.

'사업계획이란 게 뭐지?'

"거기다 현금출납표도 안 만드셨나요?"

여자는 초조해하고 있는 게 분명하다. 말투가 이전보다 약간 엄격해졌다. 남자의 얼굴에는 곤혹스런 빛이 번져간다.

'만들지 않았냐고 물어도, 엑셀도 쓰지 못하는데…….'

입을 우물우물거리기만 하는 남자를 향해 여자는 더 초조해진 모양인지 공세를 더했다.

"거기다, 거기다 말이에요. 이게 대체 뭔가요? 학생에게 아르바이트비를 주고 그 학생에게서 영수증을 받는데, 어째서 수신인명에 학생의 이름이 있는 거죠! 이래서는 학생이 돈을 주고 스스로 받은 게 되잖아요."

"…저, 죄송합니다. 그에 대해서 몇 번이나 이야기했는데도."

"이런 건 초등학생이라도 할 수 있다고요!"

여자는 성난 눈빛으로 남자를 쏘아보았다. 하지만 남자는 "그렇군요"라고 말하며 작게 미소 짓는다.

"그, 그렇군요라니……"

남자의 뻔뻔스러운 태도에 여자는 저도 모르게 순간 멈칫한다. 하지만 그것을 스스로 떨쳐버리려는 듯 반론한다.

"그럼 그렇게 해주셔야죠!"

"물론 그렇게 하고 싶은 마음이야 간절하지만……. 우리 사원에게 '그런 건' 무리예요."

짐작한 대로 '남자'는 나를 말한다. 덧붙여 '여자'는 우리 회사 경리(실제로는 무척 상냥합니다)다.

창업한 지 얼마 안 된지라 이런 일이 빈번했다. 정말이지 나하고는 맞지 않는 대화다. 그래도 어쩔 수 없는 일이라고 생각한다. 왜냐하면 미시마샤의 일상은 '그 정도'에서 그치지 않으니까. 예를 들어 사원이 3명이 되었던 2007년 6월의 어느 날을 보면…….

* * *

휴대전화가 울렸다. 영업 담당 와타나베 유이치(두 번째 멤버, 2007년 4월 입사)가 전화를 받으니 도구점 담당 기무라 모모코(세 번째 멤버, 2007년 6월 입사)가 숨을 헐떡거리는 게 들렸다.

"(헉헉……) 시부야 서점을 돌았는데요."(기무라)

"엇. 고맙습니다."(와타나베)

"주문 전해드릴게요. 어, 그게."

뭔가 꼼지락거리며 가방 속에서 메모를 꺼내려 하는 기무라와 가만히 기다리는 와타나베, 그렇게 몇 초가 지난 그때.

"우왓, 꺄악!"

"무, 무슨 일이에요? 기무라 씨. 기무라 씨!"

휴대전화를 쥔 채 당황하는 와타나베.

"어떻게 된 거야? 비명소리가 들린 것 같은데." 내가 말했다.

"모르겠어요. 괜찮을까……."

"꺄악!"

분명 예삿일이 아니다. 나와 와타나베는 동시에 '혹시'하고 생각했다.

'혹시, 나쁜 놈이 덮친 건가.'

와타나베와 둘이서 파랗게 질린 얼굴로 걱정하는데, 다시 기무라의 목소리가 들렸다. 아니, 그것은 더 이상 소리라기보다

비명 그 자체였다.

"꺄~"

"무슨 일이야?"라며 바짝 다가가는 나.

"하, 하이힐이……. 하이힐이 갑자기 땅바닥에 박혀서 벗었는데요. 그런데……."

"그런데…… 뭐야?"

"그 구두를 어떤 남자가 주웠는데 그걸 들더니 절 보면서 웃고 있어요."

"에엑~!"

심상치 않은 기운이 전화기를 통해 전해졌다.

"도망쳐요, 도망쳐"라고 횡설수설하는 와타나베. 어쩌면 그도 정신줄을 놓은 모양이다. 설령 기무라가 어느 정도 야생적인 사람이라 해도 신발을 두고 맨발로 시부야 거리를 걸을 수는 없는 노릇이다. 결국 부들부들 떠는 기무라에게 그 사람이 신발을 신겨준 모양인데, 왜 '신겨주게' 되었는지는 모르겠다. 그 후 기무라에게서 흥분 섞인 보고를 들었을 뿐이다. "후우, 도망치듯이 돌아왔어요."(그, 그것 참 다행이네…….)

이 기무라, 그날만 특별한 게 아니었다. 실은 매일이 해프닝이다. 아무 일도 없는 날은 하루도 없다고 해도 무방하다.

『수수께끼의 회사, 세계를 바꾸다』(스다 쇼케이, 다나카 사다토 지음)를 출간하기 직전 '견본'을 전차에서 읽고 있었는데, 어떤 학생이 갑자기 "그 회사 호평 받고 있어요"라고 말을 건다든지. 또

전차 안에서 미시마샤 북커버를 씌우고 책을 읽는데, "그 커버 저 주세요"라고 아주머니가 말해서 "네, 네에. 가지세요"라며 건네준다든지. 츠쿠바에 영업하러 갔다가 돌아오는 전차 안에서 옆에 앉아 있던 여성이 "나랑 놀러가지 않을래?"라고 말한다든지. 자택에서 오테마치 서점으로 직행했지만 가자마자 발목을 접질러 아무것도 하지 못한 채 돌아온다든지…….

거짓말 같은 이야기지만 전부 진짜다. 그녀가 영업을 나가기만 하면 무슨 일이 일어나고 만다. 본인이 말하길, '다른 사람을 사건사고에 휘말리게 하는 여자'란다. 하지만 나는 혼자 이렇게 생각한다. 실제로는 '사건사고에 휘말리게 하고 싶은 여자'가 아닐까. 어쩔 수 없이 다른 사람을 사건사고에 휘말리게 하는 데다 자기도 거기에 휘말리고 있다. 당연히 그녀에게 '계획적인 행동'을 기대하는 것은 더없이 어리석은 일이다.

* * *

기무라가 폭주하는 모양에 비하면 그녀가 들어오기 전 입사한 미시마샤 두 번째 멤버 와타나베 유이치는 평범하다. 서투르지만 좋은 청년인 그는 굳이 '안 좋은 의미'로 말하면, 이상하게 '사회화'되어 있다. 아니, 이것은 특별히 와타나베 개인에게만 해당되는 이야기는 아니다. 어느 정도 되는 규모의 회사에서 5년 이상 일한 사람에게라면 있을 법한 일이다. 그들은 어딘가 부자연스럽게 '긴장'되어 있다. 와타나베가 실제로 겪은 상황에 대해서는 잘 모르지만, 제멋대로 상상을 해보면 '이런 일'의 결과가 아닐까 한다.

'뭘 위해서' 하는지 잘 모르겠는 일을 다음 날도 그다음 날도 소화해내는 와중에, 감각이 마비된다. '겉으로 보이는 매출'을 만들기 위한 서류를 작성하거나, 자기가 상사라고 믿고 뻐기며 대화의 여지를 전혀 남기지 않는 사람들과 매일 일을 하거나. 그런 나날을 보내면서 언제부턴가 신체 여기저기가 만성적으로 뻐근해진다. 그리고 그 뻐근함은 생각해봤자 쓸데없다는 인식을 낳아 행동하는 것을 망설이게 한다.

예를 들어 일찍이 나가시마 시게오(1936~ . 프로야구 선수 출신의 야구 해설가이자 평론가—옮긴이)는 기자에게서 '타격하는 요령'에 대해 질문을 받았을 때, '날아온 공을 친다'고 답했다. 실로 핵심을 찌른 답변이었다. 그렇다. 야구에서는 투수가 던진 공을 타자가 친다. 실제로 그것뿐이다. 하지만 여기저기가 뻐근해지면 그런 단순한 움직임마저 못 하게 된다.

"아니, 그렇다고는 해도 날아오는 공을 치는 것뿐이라니, 실제 현장에서 이루어지는 것은 좀 더 깊이가 있다고 할까, 프로의 레벨은 그것만이 아니라고 할까. 음, 물론 그런 면이 있는 것은 알겠지만, 그렇게만 끝내고 싶지 않아, 응, 그렇습니다. 저도 프로로 있는 이상 말이죠, 자존심도 있는지라……."

타자가 뭐라고 투덜대며 중얼거리는 사이에 공은 포수의 미트로 빨려 들어간다. 방망이를 한 번도 휘둘러보지 못하고 삼진, 타자 아웃. 무득점. 체인지. 그것으로 끝. 생각해야 하는 곳에서 생각하지 않고, 생각보다 행동이 최우선시되는 곳에서 의미도 없는 생각을 한다.

20대 후반 정도부터 이런 남성이 꽤 많아지는 것 같다고 생각하는데, 입사 초기의 와타나베도 예외는 아니었다. 그에 비해 나와 기무라는 어떤 의미에서 그와 대비되는 존재다. 지금이니까 말하지만, 그것 때문에 적잖이 안절부절못하다가 2007년 당시 블로그에 미시마샤의 방식에 대해 「아크로바틱한 축구」라는 내용으로 글을 올렸다. 이것은 다분히 와타나베를 향한 메시지이기도 했다.

미시마샤를 형용하자면...

2007.4.19

갑작스럽지만 최근 뵙게 되는 분들이 말하기도 하고,
제가 이야기하기도 하는, 저희 회사를 형용하는 말을 나열해봅니다.

"매일이 청춘!"
"초공세적 축구!"
"백패스는 이제 그만."
(백패스는 슛으로 이어지는 공세에서만)
"아크로바틱한 패스&슛."
"몇 명 안 되는데도 마치 11명이서 플레이하는 것 같다."
"라이브! 라이브! 라이브!" ……

뭐랄까, 비틀린 회사 같네요.

그래도 실제 이런 느낌으로 생각합니다.

이걸 보고 아셨겠지만, 일을 축구로 비유하는 경우가 많네요.

어떤 저널리스트가 "축구에서 골을 넣는 것은 백주대낮에

은행강도를 하는 것과 같다"고 말했다 합니다.

그정도로 골을 넣는 것(어떤 일을 해서 결과를 내는,

제 경우로 말하면 베스트셀러를 만드는 것)은 어려운 일.

평범한 짓을 해서는 골을 넣을 수 없습니다.

그런 이야기를 어떤 사람에게 했더니

생각지도 못한 방향에서 공이 날아왔습니다.

"골망의 뒤에서부터 드리블해서 슛을 날려도 되나요?"

HOW WONDERFUL. (멋져~)

이것도 우리 회사의 기본입니다. 마지막으로 하나만 더,

최근 들었던 훌륭한 말을 소개하겠습니다.

"꿈만은 있는 회사네요."

그러게요.

＊　＊　＊

딱딱한 조직에서 이런 '비틀린' 회사에 들어왔으니, 갑자기 '골망 뒤에서 달려와서 슛'을 하고 싶어도 무리일 것이다(거기다 이 발언을 한 것은 입사 직전의 기무라였다). 하지만 와타나베도 정말은 그러고 싶지만, 지금 자신은 그렇지 않다는 것을 스스로가 가장 잘 안다. 아마 그의 마음속에 이런 갈등이 있지 않았을까.

그래서 그맘때쯤 그는 우울한 얼굴을 하고 있었다. 어느 서점 직원에게서는 "영업자인데도 우울한 표정에다 어둡다니 대

단하네요"라는 이상한 칭찬의 말을 들은 적도 있다. 그런 와타나베가 마침 기무라가 입사한 2007년 6월쯤, 나와 기무라 앞에서 갑자기 미시마샤 로고를 대신할 '새로운 캐릭터'를 발표했다.

언제부터인가 그렇게 부르게 되었다. 이 캐릭터가 탄생했을 때는 그가 벽 하나를 넘은 순간이기도 했다.

이후 우리 멤버의 생일이나 몇 주년 파티 같은 행사 때마다 그는 반드시 이 '나베'를 사용하게 되었다. 그리고 미시마샤 관계자 사이에서는 은밀하게 인기 캐릭터가 되었다. 미시마샤 로고는 '미시마'가 얼굴 표정을 만들고 있지만 '나베'는 절대 '와타나베'와 관계가 없다.

생각지 못한 반응에 기분이 좋아졌는지 와타나베는 이 외에도 여러 가지 재료에 손을 댔다. 그중 하나가 파티를 무르익게 하는 도구 '거꾸로 안경'이다. 하지만 이런 '훈련재료'는 '나베'만큼 사람들에게 받아들여지지는 않은 것 같다. 그래도 개성을 존중해서 회사 홈페이지에는 이 거꾸로 안경을 착용한 와타나베의 사진을 올렸다. 돼지코를 단 영업자 2명의 얼굴을 내걸고 운영하는 '착실한 일기'는 지금 와서는 미시마샤 홈페이지에서 없어서는 안 될 페이지가 되었다.

* * *

앞의 이야기로 되돌아가보자.

몇 번을 설명해도 영수증의 수신인명을 '미시마샤'가 아닌 '받은 학생의 이름'으로 적었던 것은 기무라다. 정말이지……. 대부분의 경영자라면 이렇게 한마디라도 불평할지 모른다. 그러나 나는 그럴 수 없다. 왜냐하면 어차피 그 나물에 그 밥이기 때문이다.

예를 들어 나는 정말로 엑셀을 쓸 줄 모른다. 그래서 매월 교통비를 정산할 때 매일의 교통비를 엑셀표로 입력한 후, 계산기로 매일의 교통비를 더해서 엑셀의 '합계'란에 합계금액을 입력하고 있다. 그래서 "진짜 엑셀은 손이 많이 가는 불편한 소프트웨어야"라고 연신 투덜거린다.

회사의 대표는 엑셀을 쓸 수 없고, 사원은 영수증 쓰는 법을 모른다. 그 결과, 당연하게도 사업계획 같은 것은 존재하지 않는다. 거기다 쫓아와서 뭐라 할 정도로 영업자의 얼굴 표정은 우울하다.

안 되는 회사, 시대에 뒤떨어지는 패거리, 회사원 실격……. 이런 딱지도 붙일 수 있을 것이다. 분하지만 반론할 수가 없다.

하지만 나는 갈릴레오 갈릴레이 뺨치게, 소리를 높여 하나만 말해두고 싶다.

"그래도 미시마샤는 돌아간다!"

뭐, 자랑스럽게 말할 것은 아니지만.

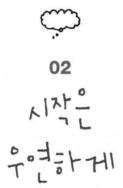

02

시작은
우연하게

창업은 무모하다?

2006.11.2

이번에 출판사를 설립했습니다만,
사람들에게 이야기를 하면 이런 말을 많이 듣습니다.

"이런 시기에 출판사는 무리야."

처음에는 '어라? 어째서?'라고 생각했습니다만,
과연, 조사해보니 '확실히 이건 골치 아프네'라는 것을 깨달았습니다.

뭐가 '골치 아프냐' 하면, 이 업계가 새로 진입하기에
이상하게 어려운 구조라는 것입니다.
그 구조적 문제에 대해 자세한 내용을 살펴보겠습니다.

어제 어떤 출판사의 사장님께 이야기를 들었는데,
이러한 높은 진입장벽을 충분히 설명하는 것처럼 들리더군요.

"이 산업뿐이죠. 젊은 사람이 창업하지 않는 건.
이래서야 신진대사도 떨어져요."

실제로 '출판사', '도매상', '서점', 출판산업을 짊어지는
이 3개 업종에서 '창업'하는 사람은 거의 없다.
'서점'으로 말하면, 대형체인점이 새로 점포를 내기는 한다.
하지만 개인이 서점을 창업하는 일은 거의 없다고 봐야 한다.
'도매상'은 과점상태. 신규진입은 없다.
'출판사'도 편집프로덕션(서적이나 잡지 같은 발행물의 편집 실무를 위탁받아
출간하는 기업—옮긴이) 같은 것은 있어도,

'직접 발행하는' 출판사 창업은 대단히 적다.

이런 이야기였습니다.
아마도 '음식산업', '미용산업', '과자산업' 등과 비교해도
'출판'은 지극히 창업률이 낮은 게 아닐까요.

얼핏 보면 화려해 보이는 출판이라는 일.

하지만 실제로는 신진대사는 떨어진 채,
'죽음'을 향한 긴 비탈길을 굴러 내려오는 중인지도 모릅니다.

이대로 앉아서 죽음을 맞이할 것인가,
회복하기 위해 언덕을 오를 것인가.

그 열쇠는 뜻 있는 사람들의 '새로운 피'를 받아들이느냐
마느냐 여기에 달려 있다고 생각합니다.
미시마샤도 거기에 일익을 담당하여 활약해가고 싶습니다.

처음 시작은 2006년의 여름 전으로 거슬러 올라간다. 어느 날, 침대에 누워있다가 이런 생각이 번뜩 떠올랐다.

'출판사를 만들자.'

그것은 나에게 있어 계시라 해도 좋았다. 눈앞에 빛의 길이 쫙 펼쳐졌다. 정말로 쫙하고. 그 순간 온몸에서 힘이 흘러 넘쳐 도리어 안절부절못하게 되었다. 정신을 차려 보니 내가 앉을 방석을 꺼내고 있었다. 그리고 탁자 위에 노트를 펼쳐놓고 생각나

는 대로 아이디어를 써내려가기 시작했다. 그것은 무아지경의 행위여서 이른 아침까지 멈추지 않았다.

'독자와 곧바로 연결된다.'

'원점회귀하는 출판사.'

'편집과 영업은 둘이서 하나. 양 바퀴가 기능적으로 연동하는 것. 스피드를 내도록 하라, 작은 회전을 잘 살리자.'

이리하여 이후 미시마샤의 활동 틀이 만들어졌다.

* * *

그 순간이 오기 전까지 나는 한마디로 말하면 '꾸물이'였다.

꾸물 꾸물, 꾸물 꾸물.

간단하게 내 경력을 이야기하면, 대학을 졸업한 1999년에 어느 중견출판사에 입사했다. 약 4년간 그 회사에서 신서와 단행본 편집을 담당하고, 2003년 5월에 퇴사했다. 그 뒤 얼마간 동유럽을 여행했다. 몇 개월간 여행을 한 뒤 이전 회사의 상사가 이직한 모 출판사에 입사했다. 그곳은 어느 큰 그룹의 자회사여서 본래 출판사로 출발한 회사가 아니었다. 그런 것도 있고 솔직히 말하면 입사 첫날부터 맞지 않았다. 그런 느낌은 생리적인 것이라서 어떤 합리적인 이유는 없었다. 무슨 짓을 해도 좋아지지 않는 여자아이와 어째서인지 사귀게 된 것과 같은 상황이다. 어느 쪽이 잘못을 했다기보다 사귀고 만(입사하고 만) 자신이 나쁘다고밖에 표현할 수 없다.

결론은 하나밖에 없었다. 내가 그 회사를 떠나서 똑같은 실수를 두 번 반복하지 말자.

그러는 수밖에 없음에도 나는 꾸물거렸다. 자존심만 높아서 마지막까지 마음을 정하지 못했다. 사실 어느 정도 규모가 있는 출판사에서 규모도 적고 잘 알려지지 않은 다른 회사로 옮겨 '승부'를 걸어보려 했다. 즉 리스크를 짊어질 셈이었다. 그래서 회사를 향한 불만을 모아서 "이쪽은 매일 '개인'으로서 승부하는데, 회사는 그렇지 않아!" 이런 식으로 투덜거렸다.

물론 전체적으로 회의하는 것이므로 노골적으로 불평하거나 하지는 않았다. 어디까지나 건설적 의견으로써 구체적인 안을 제시하려고 했다. 하지만 그런 내 의견은 대부분 무시당했다. 이런 일이 계속되자 나는 이 회사는 출판사로서 진지하게 승부할 생각이 없다고 마음속으로 간주하게 되었다.

사람들 앞에 나서서 발언한 것이 받아들여지지 않으면 그곳에서 나오는 수밖에 없다. 그렇게 자기 의견을 드러내면서 사는 사람이라면 어떤 조직에 있든 반드시 할 말을 가지고 살기 때문이다. 할 말을 가지고 산다는 것은 그 사람이 스스로를 적잖이 드러내며 살아온 결과라 할 수 있다. 그런 사람은 약자가 신원을 밝힌 후 던진 말을 헛되이 하지 않는다.

내가 꾸물거렸던 것은 '내 말이 통하지 않는다'는 것을 알면서도 그것을 다른 사람의 탓이라 생각했기 때문이다. 통하지 않는다는 것을 안다면 스스로 움직이면 될 일이다. 한 번 리스크를 짊어졌으니 충분하다고 생각한 시점에서, 나는 내가 비판하는 사람과 똑같았다. 몸을 사리는 인간과 다를 바 없었던 것이다. 자기 위치를 보호하면서 하는 말은 절대 사람을 움직일 수 없다.

지금 생각해보면 내 불만을 해결하기 위해서는 아래와 같은 덧셈을 풀고 실행하는 수밖에 없었다.

'인간미 있는 책을 만들어, 독자에게 확실히 전달하고 싶다'

+

'활동 하나 하나가 미래의 출판을 쌓는 한 걸음이었으면 한다'

답은 지극히 단순했다. '미래를 향한 출판사를 스스로 만든다.' 간단한 일이다.

하지만 '그 간단한 일'을 그날까지 생각하지 못했던 것은 나에게 한 걸음을 내딛을 용기가 없었기 때문일 것이다. 그때의 나는 내가 용기 없는 것을 다른 사람을 비판하는 형태로 책임전가하고 있었고, 진짜배기 꾸물이었다.

* * *

이 점은 그렇다 쳐도, 내가 생각하지 못했던 것은 한 가지 더 있다. 철이 들었을 때 나는 '경영만은 절대로 하지 않겠다'고 마음 먹었다. 아마도 내가 초등학교 2학년 때 아버지가 자택에서 자영업을 시작한 것이 큰 이유일 것이다. 장사를 하면 싫든 좋든 '돈' 문제가 따라다닌다. 어린아이였음에도 집안 살림을 좌우하는 돈의 흥망성쇠를 느꼈다. 돈의 부침에 따라 집안 분위기는 민감하게 변했다. 그 변화를 느끼고 어느 순간부터 '돈과 관련 없는 세상에서 살고 싶다'고 생각하게 되었다. 그러자 그 생각은 '원칙'으로까지 승화했다. 그렇다면 어째서 그 '원칙'을 깨면서까지 창업을 한 것일까?

앞에서 이야기한 것처럼 '출판사를 만든다'라는 단순명쾌한 답을 발견한 순간, 지금까지 느껴본 적 없는 힘을 온몸에서 느꼈기 때문이다.

눈앞에서 빛나는 길. 이 길을 그저 걸어가면 된다. 확실히 그 길은 아직 만들어지지 않은 길일지도 모른다. 하지만 이제 망설이거나 머뭇거릴 필요 없다. 그저 생각한 대로 돌파하면 된다.

그 감각은 이치를 아득하게 뛰어넘어 절대적인 것으로 나에게 다가왔다. '출판사를 만들자'고 결정한 그 순간, 그때까지의 괴로움이 거짓말처럼 사라져버렸다. 그리고 머리로 정했던 '원칙' 따위는 매우 간단하게 일축시켜버렸다.

그때, 나도 모르는 사이에 만들고 있던 나 자신을 가두는 울타리를 직접 무너뜨렸는지도 모른다. 그리고 그 울타리 밖에 나와서 처음으로 깨달은 것이 있다. 그것은 '원칙'이라는 울타리가 나를 지키기 위해 있던 게 아니라는 것이다. 그 울타리가 과연 나를 지키는 곳이었을까. 실제로는 그 안에서 내가 죽어버릴

뻔했다. 누군가가 시켜서가 아니라 스스로 만든 울타리에 자신을 가둔 채.

울타리에서 밖으로 한 걸음 내딛자 그곳의 공기는 아무 이유 없이 맛있었다. 새로운 장소로 나간 것이니 신선한 것은 당연할 것이다. 환경이 바뀌면 쉽게 싫증내는 사람일지라도 일시적으로는 신선함을 느낄 것이다. 그래도 그때 내가 들이마신 공기는 그저 신선하기만 한 게 아니었다. 그것은 왠지 그리운 것이기도 했다. 예를 들자면 어릴 때 사촌형제들과 갔던 바다에서 시간 가는 줄 모르고 자유롭게 헤엄쳤던 여름방학의 한순간. 무한하게 생각했던 그 한순간에 들이마신 공기와, 울타리 밖에서 맛본 공기는 어딘가 닮은 것 같았다.

그러나 그렇게 느낀 것도 아주 잠시였다. 그 맛을 차분히 음미할 새도 없이 나에게는 돌풍이 불어닥치는 거친 나날이 기다리고 있었기 때문이다.

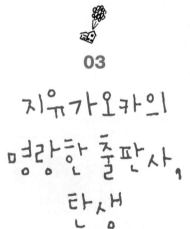

03

지유가오카의
명랑한 출판사,
탄생

견본 완성!

어제 저녁, 견본이 도착했습니다!

드디어 저희 책 제1탄이 모습을 갖추었군요.
울먹울먹(감격).

책이 도착하고 몇 시간 뒤에
마침 동기인 친구(동사마, 피로코)와
대대대선배(기무라 씨)가 사무실에 와주셨습니다.

멋진 꽃을 손에 들고 말이죠.

기무라 씨는 제가 신입이던 때부터 언제나
인생의 지침이 되는 말을 해주십니다.

"초심 잊지 말아야 하네."

사장이라고 해야 이름뿐이고, 실제로는 방 청소부터 화장실 청소, 물건 발송도
전부 혼자서 한다고 이야기했을 때 하신 말씀입니다.
과연, 이런 '기본' 정신을 언제까지나 잊지 말아야겠네요.
고마운 말씀. 정말 감사합니다.

그 후 걸어서 30초 거리에 있는

스페인 요리집 '엘 페스카도르'에 갔습니다.
창업하기로 한 이래 절제하고 있던 술도
이날은 주저하지 않고 마셨습니다.
맛있어!!!

이렇게 맛있는 파에야는 처음이야!

오랜만에 코가 비뚤어지게 마셨습니다.
정말이지 즐거운 시간이었습니다.
이날을 잊지 말고 앞으로도 매일 정진하자고 생각했습니다.

법인 설립이 끝났다. 사무실도 꾸몄다. 첫 번째 책도 나왔다.
모든 게 순풍에 돛 단 듯 순조롭다.

……밖에서 보면 이랬을지도 모른다. 그러나 실정은 전혀 달
랐다. 창업하고 얼마 안 된 이 시기에 갑자기 거대한 벽에 직면
했던 것이다.

돈이, 몹시 쪼들렸다.

거 참, 초등학생 시절의 나라도 예상할 수 있는 일인데.

(망상 속 젊고 예쁜 선생님) "여기 300만 엔이 있어요. 회사를 설립

할 때 100만 엔을 사용했습니다. 그러면 잔금은 200만 엔이 됩니다. 이 잔금으로 책을 한 권 출간했습니다. 인쇄비, 인세, 디자인비 등 한 권에 드는 비용은 200만 엔입니다. 그렇지만 책을 내고나서 자금을 회수하기까지 7개월이 걸립니다. 이 사이에 남은 돈을 전부 제작비를 지불하는 데 썼다고 하죠. 그럼 남은 돈은 얼마일까요? 맞출 수 있을까?"

(초등학교 2학년의 나) "저요!"

"그래요, 미시마 군. 알겠나요?"

"네. 빵 엔입니다."

"정답! 대단하네. 잘했어요. 그럼 이 회사는 앞으로 어떻게 될까요?"

"파산합니다."

"명답이에요!"

아무리 초등학생이라도 이 정도는 충분히 계산하고 '명답' 소리를 들을 것이다. 그러나 어른인 나는 돈이 아슬아슬해질 때까지 예상하지 못했다. 한심한 일이다.

적어도 이 사실에서 무언가를 배우고 싶었다. 이제부터라도 써먹을 '배움'을 얻을 수 있지 않을까. 그래서 생각해본 결과, 두 가지 답을 도출해냈다.

① 사람은 초등학생이라도 눈치챌 만한 계산을 가끔씩 실수하는 존재다(인류적 문제).

② 나는 이른바 '막무가내로' '계획 없이 돌진하는' 존재다

(개인적 문제).

과연 무엇이 올바른 것일까? 기억을 더듬어가며 그 답을 찾고자 한다.

* * *

전화도 없고, 책상도 없고, 인터넷도 연결되어 있지 않고, 거래처도 없고……. 이것도 저것도 아무것도 없다. 없는 것들 사이에서 유일하게 있는 것이라고는 법인 설립을 마친 미시마샤라는 이름뿐. 이름은 있어도 실체는 없음. 이것이 부정할 수 없는 현실이었다. 그런 현실 속에서 '하여간 이게 다 시간과의 싸움'이라는 것만은 확실하게 의식하고 있었다.

사무실을 구하고, 전화를 개통하고, 인터넷을 연결하고, 책상과 의자를 두고, 서가를 채우고, 거래처와 조건을 교섭하고, 출판사로서의 인프라·환경을 정비한다. 하나하나가 일각을 다투는 행위였다. 1분이라도 빨리 정비하면 그만큼 출판사로서 본업에 열중할 시간이 1분 늘어나므로, 이 임무는 빨리 처리하면 처리할수록 더 좋은 일이었다.

이렇게 말했지만 실제로는…….

아직 한 권도 출간하지 않은 출판사. 필연적으로 단 한사람만 있는 사무실에서 멍하니 있을 때도 있었다. 그렇다기보다 그렇게 할 수밖에 없었다. 그에 대한 반발로 괜스레 서두르는 일도 많아 '멍하니 있기'와 '무리해서 일하기'를 반복했고, 시간은 착실히 흘러갔다.

그러던 어느 날, 가난이 손을 흔들며 나를 기다리고 있었다. 2006년 연말, 이제 막 발급한 통장은 나지막하게 속삭여왔다.

"앞으로 수개월이면 바닥나. 잘해야 2개월이려나."

그렇게 속삭이는 소리를 듣고도 태연하게 있었다면 거짓말이다. 정직하게 말하자. 아주 초조했다. '위험해!'라고 생각했다. 그리고 그렇게 생각한 나는 다음 순간 이런 결의를 다졌다.

'직원을 고용하자.'

진짜다. 정말 돈이 없는 상황인데도.

* * *

와다나베가 입사하게 된 이야기를 하기 전에, 시곗바늘을 조금만 앞으로 돌리겠다. '초등학생이라도 예상할 수 있는 쪼들림'의 원인은 무엇이었을까?

앞에서 눈앞의 일에 열심이었기 때문이라고 썼지만 '열심히 하니까 쪼들려도 괜찮다'는 것은 아니다. "남자친구가 너무 좋아서 정신을 차려 보니 빚을 내버렸습니다"라고 하는 것이 뭔가 이상한 것과 같다. 인과관계에 비약이 너무 심한 것이다.

돌이켜보면 원인을 찾아내기란 그렇게 어렵지 않다. 사무실을 빌렸으니까. '쪼들리는 이유, 그 첫 번째'는 여기에 있겠다.

혼자서 시작하는 거니까 일단은 집에서 하면 되지 않을까?

그렇게 생각하는 것도 크게 틀리지 않다. 아니, 실로 그렇고 말고다. 반론의 여지가 없다. 만약 지금 나에게 출판사를 만들고 싶다는 사람(A 군)이 상담하러 왔다고 치자.

"사무실은 꼭 빌리고 싶어요"라고 말하는 A 군.

"그래? 어째서?"라고 말하는 나.

"그게, 출판사를 차리는 거니까요."

"하지만 혼자서 시작하는 거지? 그렇다면 우선은 집에서 시작해도 괜찮지 않아?"

"아뇨, 그건 안 됩니다."

"왜?"

"출판사는 장소가 중요하니까요."

"응, 그건 알겠어. 하지만 사무실을 꾸미는 것만으로도 목돈이 나가. 그 돈은 어쩌게?"

"집 보증금, 레이킨(집 주인에게 집을 빌려준 것에 감사하며 주는 사례금—옮긴이)이랑 반년치 집세를 제외해도 자본금은 충분하겠죠. 뭐, 자본금이라 해도 제 저금을 깬 수백만 엔이지만요."

그렇게 말하고 뭐가 우스운지 크게 웃는 A 군. 내일의 수입도 예상하지 못하는데 정말이지 무사태평이다.

이런 걱정과 지적은 그대로 당시의 나에게도 꼭 들어맞는다. 이렇게 '장소의 중요성'을 설명한 다음, '자본금이 줄어드는 것보다 중요하게 여겨야 할 신념이 있다'고 딱 잘라 말하며 앞으로 닥칠 상황을 고려하지 않았던 것은 다름 아닌 나 자신이다. 그리고 그 신념은 이런 것이다.

'출판사를 만든다'는 것은 '장소를 만든다'는 것과 같다. 그리고 장소를 만든다는 것은 사람이 모인다는 것과 같은 뜻이다. 설령 아무리 작은 공간이라 해도 사람이 찾아올 장소가 있어야 한다. 저자, 인쇄소 관계자, 디자이너, 아르바이트하는 사람, 학생, 갑자기 방문한 사람, 잘 모르는 사람…… . 나이 든 사람도 젊은 사람도, 남자도 여자도, 언제나 북적북적.

이런 카오스적 공간이야말로 출판사의 '원래 풍경'이다. '북적북적'해야 진짜 '재미있는' 책도 탄생하게 마련이다.

맛있는 냄비에는 재료가 가득하다. 반대로 너무 빈틈없이 정리정돈된 요리에는 인간미가 없다. 누군가가 "맛있어!"라고 탄성을 지를 때에는 그 요리에 만든 사람이나 주변 사람들의 인간미가 들어 있는 것이다. 대중요리는 마땅히 그런 것일 터다.

고급요리(전문서)가 아니라 대중요리(대중서·읽을거리)로 승부한다. 그렇게 생각하는 이상, '북적북적'을 만들어내는 장소가 필수다. '그러니까 사무실은 절대로 포기할 수 없다.'

나는 내 신념에 따르기로 했다. 그 결과, 자본금의 약 3분의 1이 날아가버렸다.

* * *

앞의 이야기에서 조금 벗어나보자.

왜 지유가오카인가? 잡탕 대중요리로 승부하려는 출판사가 어째서 지유가오카를 골랐을까? 도대체 지유가오카의 어떤 면

이 대중적일까?

세간에서 보기에는 오히려 반대일지도 모른다. 잡지나 신문에서 지유가오카에 대해 표현할 때, '돈 있는 사모님이 오가는 거리', '디저트 거리'라는 표현을 많이 사용한다. 대중요리 같은 이미지로 말하는 경우는 보기 드물다. 어느 쪽이냐 하면, '상류사회' 같은 거리라 하면 될 것이다. 그런 고급 거리에 왜 카오스적 공간으로서 출판사를 둔 것일까?

분명히 말하자. 딱 잘라 말하면, 이유 따위 없다. 모든 것은 우연이 선사한 선물에 지나지 않는다.

· 건물의 분위기가 좋다.
· 집세가 너무 비싸지 않다.
· 집에서 자전거로 다닐 수 있다.

이런 여러 조건들을 충족하여 후보들 중에 단연코 선두에 선 매물을 우연히 찾은 것이다.

사무실을 보러 갔을 때의 일을 지금도 생생히 기억하고 있다. 엘리베이터 앞의 넓은 공간에 다다른 순간, 이곳이 좋다고 생각했다. 1층에 도너츠 가게가 있는 맨션의 한 칸. 건물 자체는 1966년에 세워져 이미 40년을 초과한지라 꽤 낡았다. 그래도 내부는 개·보수한 지 얼마 안 되어 신축이라 해도 손색이 없다. 엘리베이터를 타고 4층으로 올라가자 하얀 벽과 하얀 문 사이에 있는 통로의 막다른 곳에서 좌측으로 공실인 403호가 있었다. 문을 열자 전면 유리인 큰 창이 눈에 들어왔다. 그 창에서 방 전체로 빛이 쏟아졌다. 천장이 이상하게 높다. 이것도 마음에 들었던 점 중에 하나였다. 이에 대해 물어보니, "이전에 D생명의 오피스빌딩으로 사용되었던 건물을 이렇게 맨션으로 바꾼 겁니다"라고 한다. 본래 사무실 구조로만 되어 있어서 천정이 높고 사용전기량 상한도 높아 회사로 사용하기에 알맞았다.

30평방미터 될까 말까 해서 좁기는 했지만 매력적인 공간이었다. 거기다 내가 본 어떤 건물보다 조건이 괜찮았다. 야마노테선 전철 주변, 조금 좁은 것만 참으면 충분히 쾌적한 공간을 찾을 수 있다는 이 작은 발견에 가슴이 뛰었다.

여기에 하나 더 보태면 '여태까지'의 출판 쪽 분위기와는 선을 긋고 싶다는 마음도 있었다. 그러니까 주변에 출판사가 없다는 것도 지유가오카를 거점으로 삼게 된 매력 중 하나였다.

새로운 출판활동을 하기 위해 회사를 만드는 것이니까 조금이라도 '지금까지'의 색이 물들지 않은 땅에서 하는 편이 좋겠다. 장소에 '지금까지'의 색이 있는 것만으로 곧 '그쪽'에 끌려들어갈 것 같은 기분이 들었던 것이다. 즉 야마노테선 전철 주변에 있으면서 출판사가 없는 장소일 것. 뜻밖에도 이것이 사무실을 고르는 요점이었다.

그런 의미에서 새로운 장소 그리고 상자들과 함께 이상적인 사무실에서 일을 시작하게 되었다.

* * *

　사무실을 빌리고 몇 개월 뒤인 12월에는 첫 책인 『실제로는 몰랐던 일본』(토리고에 슌타로, 시리아가리 고토부키 지음)이 나왔다. 감사하게도 영업 대행을 해준 WAVE출판의 타마코시 사장님은 영업자들에게 "우리 회사 책과 동일하게 영업하도록" 하라고 말씀해주셨다. 실제로 영업자들과 동행해서 서점에 인사하러 갔을 때에도, "미시마샤라는 출판사가 생겼습니다. 잘 부탁드립니다"라고 말씀해주셨다.

　이렇게 해서 책도 출판하고 그것이 전국 서점에 깔리면서 명실공히 출판사가 되었다. 그러나 그 순간……. '쪼들림의 이유 그 두 번째'가 찾아오게 되었다. 그렇다, 몇 차례의 큰 지불 건이 기다리고 있었다.

　책을 내기 전에 나가는 돈은 사무실 임대료를 제하면 기껏해야 잡비 정도였지만, 책을 낸 직후 지금까지 취급해본 적이 없는 액수의 돈이 회사 계좌에서 사라져 있었다. 인쇄비, 인세, 그리고 WAVE출판에 주는 영업대행료……. 이런 것들을 전부 합하면 200~300만 엔이 필요했다. 하지만 수중에 있는 것은 150만 엔 정도……. 즉 마이너스. 이대로 수입이 없는 상황에서 지불만 하면 수중에 있는 돈은 제로는커녕 마이너스가 된다. 그것은 동시에 영업정지, 요컨대 도산을 의미하는 것이었다.

　지금도 기억이 생생하다. 2006년 연말, 크리스마스도 지난

12월의 영업 마지막 날의 일이다. 나는 미팅과 프로모션 중에 시간을 내서 은행 ATM 앞에 있었다.

'오늘이 최종지불일……'

이날 지불을 끝내지 않으면 '미지급'이 되어 한순간에 신용을 잃고 만다.

청구서에 기재된 금액을 입력했다. 그 액수는 개인이 한 번에 움직일 수 있는 금액이 아니었다. 내가 팔 수 있는 물건이라고 해야 가장 비싼 게 컴퓨터로 수십만 엔 정도였으니, 자릿수가 하나 다르다. 그런 대금이 한순간에 없어지는 것이다. 감각이 마비될 것 같았다. ATM 화면에 '확인'이라는 표시가 나타났다. 나는 떨리는 손으로 그 버튼을 건드렸다. 그러자 몇 초 지나지 않아 '잔액'이 표시되었다.

한 회사의 예금 잔고라 하기에는 어처구니없는 수준이었다. 법인 예금 계좌가 아니라 개인 예금 계좌리 해도 참으로 섭섭할 액수였다. 일이 여기에 이르자 마음속으로 '위험해!'라고 생각했다. 그리고 여기까지 와서야 '위험해!'라고 생각한 자신을 조금 탓했다. 좀 더 빨리 눈치챌 것이지. 사실 재빨리 알아차렸다 한들 해결될 문제도 아니었지만.

* * *

① 사람은 초등학생이라도 알 만한 계산을 가끔씩 실수하는 존재다(인류적 문제).

② 나는 이른바 '막무가내로' '계획 없이 돌진하는' 존재다 (개인적 문제).

과연 무엇이 정답일까?

기억을 더듬어가며 계속 그 답을 찾았지만, 최종 판단은 여러분에게 맡기고 싶다. 단지 한 가지, 그때의 상황을 비유하자면 다음과 같이 말해도 절대 과장은 아니다. 이를테면 갑작스럽게 마라톤 완주에 도전한 것이다. 그것도 단 한 번의 연습도 하지 않고 부딪힌 본 경기. 거기다 길은 포장이 되어 있다가도 갑자기 비포장도로가 나오곤 한다. 실제로 그런 상황에서 달렸다. 그때 나는 길 끝에 다다르면 기분이 좋아질 것이라 생각했지만 달리는 것 자체는 무서워하며 불안을 느끼고 있었다. 그렇다고 엄청 무서워한 것은 아니지만, 적절하게 페이스를 조절할 여유 따위는 없었다.

창업한 지 1년이 안 되었을 무렵, 여러 사람들로부터 "어때? 흑자는 낼 거 같아?"라는 질문을 받았다. 그렇지만 솔직히 대답할 수 없었다. 흑자건 뭐건, 일단은 1년간 회사를 어떻게 지탱할지조차 도무지 그림을 그리지 못했던 것이다. 여하튼 모든 게 '처음'이었으니까.

그래도 지금 와서 생각해본다. 원래 인생이란 처음의 연속이 아닐까. 태어나서부터 지금에 이르기까지 계속 '처음' 해보는 일투성이. 첫 집단생활, 첫 소풍, 부모님 곁을 떠난 첫 여행, 첫

수험, 첫사랑, 처음 해보는⋯⋯. 일찍이 무엇 하나도 경험해보지 않은 일을 매일 '처음으로' 경험해왔다(그런 일은 혹독한데다 딱 한 번뿐이었다). 그렇게 잔뜩 불안해하면서도 나는 어딘가에서 '처음'을 기대했다.

그런데 회사원이 되고 편집자가 되어 조금이나마 활약도 하고 돈도 조금은 모았으나 나중에 살펴보니 실제 나 자신은 약해져 있었다. 나도 모르는 사이에 '경험'으로만 메꾸는 버릇이 들어, 경험해보지 않은 일에 도전하는 것을 겁내게 된 것이다.

5년 전, 연습 없이 마라톤 완주에 도전(즉 창업)하는 것을 앞두고 필요 이상으로 두려워했던 것이라면, 그것은 내가 길들여져 있었기 때문이라고 말할 수밖에 없다.

결국 이런 이야기다.

'강함은 환상에 지나지 않고 약함만이 진짜다.'

어쩌면 유일하게 배운 것은 이 점이 아닐까 한다(인류적 문제인가 개인적 문제인가에 대한 해답을 얻는 것보다도). 그렇다고는 해도 세간에서 강함이라고 말하는 것을 무엇 하나 갖지 못했던 당시의 나는 적어도 매일을 웃는 얼굴로 보내자고 생각했다.

법인을 설립해 책을 출간하고 명실공히 출판사가 되었다. 이렇게 썼지만 그것이 반드시 정확한 것만은 아니다. 강함이라고 불리는 것을 갖지 못했음에도 생글거리는 얼굴로 있고 싶다고 생각했다. 그렇게 마음속에서 생각한 순간이야말로, 지유가오카의 '명랑한 출판사'가 진정으로 탄생한 순간이었다.

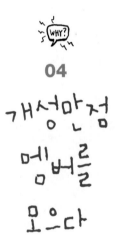

04

개성만점
멤버를
모으다

업무 시작

2007.1.4

오늘부터 미시마샤는 시동을 겁니다.
새삼스럽지만 올해도 잘 부탁드립니다.
올해는 무엇보다도 다음 사항을 소중히 하고 싶습니다.

미시마샤가 아니면 만들 수 없는 책을
한 권, 한 권 마음을 담아 출간하는 것.

우리 회사가 활동하는 데 있어
이것을 기본으로 하려 합니다.
그러기 위해서라도
'경영의 안정화'를 꾀해야 합니다.
그리고 그 '경영의 안정'을 이루기 위해
다음의 두 가지를 올해의 목표로 잡았습니다.

① 자력으로 영업하기
② 편집력의 강화

우리 회사가 질 높은 콘텐츠를 계속해서 발간하려면
①과 ② 두 가지가 빠져서는 안 됩니다.
작년 말, 첫 번째 책인『실제로는 몰랐던 일본』을
출간하고 내심 실감했습니다.
①과 ②는 두 개의 바퀴.
이 양 바퀴를 기분 좋게 회전시키는 일이야말로
'경영의 안정'으로 이어지는 것이라 생각합니다.
하루하루를 소중하게, '미시마차車'를 달리게 하고 싶습니다.

58

"해를 넘길 수 있을까." 무력한 말을 토하는 남자 뒤에서 아내가 갓난아기를 달래고 있다. "당신, 이 아이를 굶길 생각이에요?" "바보 같은 소리 하지 마요. 나라고 그러고 싶겠소." "이대로라면 해를 넘길 수 없어요, 이 아이는……." "알고 있소!"

에도시대를 배경으로 한 사극 속 상가 주변에서 있을 법한 대화. 어디까지나 드라마 속 이야기지, 현대에서는 눈곱만큼도 사실적이지 않다. 그런데 그런 사태가 설마 나한테 일어날 줄 누가 알았겠는가.

결론만 먼저 말하자면 어떻게 해는 넘길 수 있었다. 하지만 '넘겼다'기보다 내 사정과는 상관없이 '넘어갔다'고 봐야 한다. 그때, '시간은 내 사정이나 심정과 상관없이 착실하게 흐른다'는 사실을 몸소 실감했다.

그와 함께 하나 더 배운 것이 있다.

'뼈저리게 겪은 이런 경험은 이걸로 마지막으로 하자. 앞으로 이어질 회사의 역사에 이런 일이 몇 번씩이나 필요하지는 않아. 두 번 다시 되풀이해서는 안 돼.'

그때, '진흙을 삼키더라도 계속하는 거야'라고 맹세했다. 이렇게 말하면 어딘가 『남자의 길』(전 프로야구 선수인 기요하라 가즈히로의 자서전—옮긴이)에 나오는 대사 같지만, 이때만큼은 마초라 할 수 없는 나조차 마초 같은 맹세를 했다. 이전에도 이후에도, 이때뿐이었다.

그리고 아는 편집자들에게 부탁해서 외주를 받았다. 다행히 몇 명의 편집자가 곧 일을 맡겨주었다. 그저 감사할 따름이다.

내 월급은 나가지 않을지 모르지만, 월세를 내고 여러 경비를 치르자 돈이 아슬아슬할 것 같다는 느낌을 받았다. 그리고 동시에 '직원을 고용하겠다'고 결정했다. 정말 돈이 없는 바로 이 타이밍에.

"왜 그 타이밍이었나?"

당연한 질문이다. 조금이라도 계산적인 사람이라면 '자본에 여유가 생겨서'라고 생각할 테고 그게 당연하다고 나도 생각한다. 그렇지 않았던 내가 말하는 거니까 틀림없다. 당연한 생각을 하는 것은 당신입니다.

그래도 그때의 판단에 망설임은 없었다. 나로서는 직감이라고밖에 말할 수 없다. 내가 생각하기에 이것은 짊어질 만한 리스크였고, 이 리스크를 감수하지 않으면 회사를 만든 의미가 없었다. 출판사로서 자립하기 위해서는 무조건 스스로 영업할 수 있어야 한다.

* * *

출판에 대해 이렇게 생각한 적이 있다.

출판사를 차체車體로 가정해보자. 이 차를 달리게 하는 것은 물론 두 개의 타이어다. 즉 편집이라는 타이어와 영업이라는 타이어다. 이 양 바퀴가 서로 연동하여 움직임으로써 차를 가고 싶은 장소까지 이동시킬 수 있다.

미시마샤의 경우 한쪽 바퀴는 '빌린 것'이나 마찬가지였다. 영업을 타사에 위탁하는 것은 타사 제품의 타이어를 사용하는 것과 다르지 않다. 규격도 성능도 사이즈도 다른, 양 바퀴 가운데 한 짝을 빌린 타이어로 사용했던 것이다(실제로 두 권의 책을 타사 제품 타이어로 달리게 했다).

아주 잠깐 상상해주시길.

아무리 좋은 타이어를 빌렸다 해도, 다른 한 짝의 자사 제품 타이어와 비교해서 크기, 종류가 다르면 차는 원활하게 달릴 수 없을 것이다. 오른쪽 바퀴가 직경 1미터인데 왼쪽 바퀴가 그 반인 50센티미터밖에 되지 않는다면? 불 보듯 뻔하다. 똑바로 달리고 싶은데 작은 타이어가 있는 왼쪽으로, 왼쪽으로 원을 그리며 나아간다. 그렇다면 가고 싶은 장소에는 언제까지고 다다를 수 없다.

혹여나 두 개가 같은 크기라 해도 성능까지 완전히 같기란 불가능하다. 브레이크 성능이 다르거나 지면과의 마찰계수가 다르거나 할 것이다. 그런 작은 차이가 작은 회사에서는 치명적인 차이가 될 수도 있다.

또한 타사 제품 타이어를 사용할 때, 하나 더 조심해야 할 것이 있다. 그것은 오른쪽 타이어와 왼쪽 타이어의 연동과 관련한 문제다. 거의 같은 크기, 거의 같은 성능의 타이어가 두 개 있다고 해도 둘을 잇는 모터의 연결부가 조금이라도 어긋난다면…… 상황 변화에 재빨리 대응할 수 없을 것이다. 오른쪽 타이어가 오른쪽으로 방향을 바꾸는데, 왼쪽 타이어는 똑바로 향

해 있는 일이 벌어질지도 모른다(무엇보다 양 바퀴가 서로 연동하는 문제
는 자사 제품끼리여도 일어날 수 있다).

　어쨌든 그때의 나는 '자사 제품 타이어'를 갖추는(그것보다 만
들어가는) 일이 회사를 존속시킬 열쇠라고 생각했다. 크기가 규격
외로 작고 성능이 열악하다 해도 그것이 '성장해가는 타입의
타이어'라면 좋겠다. 그 조건만 만족하면 처음부터 타이어로써
모양이 갖추어져 있지 않아도 괜찮았다.
　1분1초라도 타이어를 빨리 갖추면 그만큼 타이어의 성장도
빨라진다. 역으로 1분1초라도 늦어지면 타이어의 성장은 뒤로
미뤄진다. 눈앞의 돈을 운운하는 것보다 아주, 아주 중요한 일,
그것은 바로 미시마샤라는 차체를 지속적이고 자유롭게 나아
가게 해줄 자사 제품 타이어를 갖추는 것이었다.
　돈이 쪼들리는 궁지에 몰린 사태 속에서 나의 직감은 이렇게
외치고 있었다. '이 타이밍에 스스로 영업하지 않으면 끝까지
고생할 거야'라고.

* * *

모집(영업책임자)

2007.1.8

미시마샤에서 영업직 사원을 모십니다.

저희 회사에서는 실용서, 인문서 등의 장르에 얽매이지 않고 '재밌다!'는 생각을 구현하려 합니다.

베스트셀러를 노리는 콘텐츠도 낸다면 몇 년에 걸쳐서라도 세상에 알리고 싶은 책도 냅니다. 그러니까 적은 부수, 많은 부수를 불문하고 한 권, 한 권 마음을 담아 판매해주실 분을 희망합니다.

또 기존의 영업 방법에 사로잡히지 않고 미래를 바라보는 영업 방법을 찾아가려 합니다. 장기적으로는 저희 회사의 영업스타일이 출판계의 스탠다드라고 불릴 정도가 되기를 희망하고 있습니다. 그 시스템의 정립을 맡아주실 영업책임자를 모십니다.

■ 와주셨으면 하는 분
· 저희 회사의 영업책임자로서 저희 회사의 영업 시스템을 구축해주실 분
· 기존 출판영업에서는 불가능했던 일을 척척 실행해주실 분
· 지금까지의 방법을 고집하지 않고 '미지의 도전'을 즐길 분
· 배우는 걸 좋아하시는 분

이 공고를 보고 지원한 것이 앞에서도 나왔던 두 번째 멤버 와타나베였다. 당시 그는 모 도매상에서 근무했는데, 어떤 일을 계기로 2006년 연말 미시마샤가 종무식을 한 후에 만날 기회가

있었다.

그 계기란 야마다 즈니 씨(1961~ . 글쓰기, 커뮤니케이션 지도자로 강연과 문장 교육 등 다방면에서 활동한다—옮긴이)의 〈어른의 진로교실〉이라는 팟캐스트 방송이었다. 이 방송 일에 대해 이야기를 꺼내면 한도 끝도 없으므로, 요점만 간략하게 말하겠다.

2006년 가을, 미시마샤를 설립하기 직전의 일이다. 야마다 즈니 씨로부터 연락을 받았는데, 〈어른의 진로교실〉이라는 팟캐스트용 라디오의 1회 게스트로 나를 초대한다는 것이었다.

즈니 씨도 나도 이런 일은 '처음'인 상황. 특히 나는 회사를 시작하기 전이라 불안할 수밖에 없는 상태였고, 애초에 '이야기할 것'도 아무것도 없었다. 무리도 아니다. 문자 그대로 '정말이지' 아무것도 하고 있지 않은 단계였던 것이다. 그런 내가 청취자 분에게 할 이야기가 있을 리 없었다. 행동이 따르지 않는 말은 바로 '입만 산 놈'의 전매특허다. 내가 싫어하는 타입인데다 스스로 그렇게 되는 것도 불편했다. 즈니 씨에게 이런 생각을 말하자 "그걸로 괜찮아요. 무언가를 이룩한 사람의 말이 아니라 매일 발버둥쳐온 사람의 말이 듣고 싶어요"라는 대답을 들었다.

그렇다면 괜찮겠다는 이유로 출연했던 것이지만, 두 사람 다 어쨌든 딱딱했다. 나는 첫 라디오와 첫 경영이라는 두 가지의 '처음'에 마구 긴장했고, 즈니 씨도 첫 녹음에 압박감을 느끼고 있었다.

본방 전, 드디어 부스에 들어가자 두 사람 다 갑자기 말이 없어지기도 했다. 그래서 나중에 팟캐스트가 올라가고 방송을 들은 지인들이 "너 너무 어둡잖아!"라고 심하게 한소리 했다.

그래도 녹음이 시작되자 목구멍에서 심장이 튀어나갈 것 같은 것을 억누르고, 즈니 씨가 인도하는 대로 더듬더듬거리며 이야기했다. 그렇게 한 시간 정도 이야기했을 때 이 말이 입에서 튀어나왔다.

"진지한 일을 정직하게 하는 회사를 만들고 싶습니다."

나로서는 짜내듯이 해서 나온 여러 가지 말 중 하나였을 뿐이지만, 방송이 되기 직전에 받은 확인용 CD에서 들었을 때, 이 한마디가 두드러지게 처리되어 있었다.

그때 처음으로, '그런가, 여기를 마음에 들어하셨구나'라는 것을 알았다. 그 후 본방이 올라가고 많은 분들에게서 격려의 메일을 받았다. 그중 상당수가 '정직한 회사를 만들어주세요', '저도 그런 회사를 만들고 싶다고 생각했습니다'와 같이, 그 부분을 듣고 나온 반응이었다.

덧붙여 이후 미시마샤의 영업팀 멤버로 충원된 쿠보타도 이 말에 감명 받아 입사를 희망하게 된 사람 가운데 한 명이다.

* * *

이야기를 바꿔보자.

그 방송의 청취자였던 와타나베와 2006년 연말에 이시카와현에서 만나게 되었다. 왜 이시카와현이냐 하면, 당시 그가 호쿠리쿠 지점에서 근무했던 것과 내 양친이 거기에 사신다는 우연이 겹쳤기 때문이다. 마침 연말이고 고향집으로 갈 예정이었으므로 "그럼 거기에서 만날까요?"라는 말을 꺼냈다.

1시간 정도 '어쨌든 내가 있는 출판이라는 세계를 재미있게 하고 싶다'는 내용으로 이야기했는데, 그때의 1시간이 와타나베의 가슴에 꽂힌 모양이었다.

"같이 일하고 싶어요!"

처음 발언부터 원기왕성했다.

'어이, 이봐, 또 급하게……'

대부분 사람에게서 언제나 '또 급하다'는 말을 듣는 나지만, 이 순간만은 반대로 충고하는 쪽으로 돌아섰다. 그리고 흥분 상태인 그를 향해 이런 말을 건넸다.

"서두르지 마!"

이 말을 들은 와타나베는 상당히 놀랐을 것이다. '좋아, 힘내자!' 같은 기운 넘치는 대답을 기대한 것이 틀림없다. 하지만 기대와는 정반대로 '기다려'라는 소리를 들은 것이다. 내심 '얼레?' 하고 생각했을 것이다.

물론 나도 이유 없이 '서두르지 마!'라는 말을 내뱉은 것은 아니다. 나름대로 이유는 있었다.

간단히 말하면 '그렇게 쉽게 볼 일이 아니다'라고 생각했던 것이다. 어느 정도 규모의 회사에서 일하는 젊은이의 눈으로 봤을 때 회사를 세우고 모든 리스크를 한 몸에 짊어진 채 매일 열심히 일하는 사람이 눈앞에 나타나면 그것만으로 눈부시게 보인다.

나도 그랬다. 회사를 세우기 전 우울해하던 때, 벤처 회사를 세운 사람, 무언가에 도전하는 사람들을 보면 이런 식으로 느꼈던 것이다.

'눈부시네, 당신.'

지방도시로 전근해서 매일 일정하게 돌아가는 일에 쫓기던 와타나베가, 지유가오카에서 혼자 일해온 나를 보고 '나도 같이 할래!'라고 생각하는 것은 어떤 의미에서 당연한 일이었다. 그것을 알았기 때문에 나는 '서두르지 마!'라고 말했다. 왜냐하면 벤처 회사에서 일하는 것은 처음 느낀 충동만으로 계속 활동할 수 있을 만큼 달콤하지 않기 때문이다. 어느 정도 규모의 회사라면 최소한의 '정해진 일'만 소화하면 될지도 모른다. 그렇지만 벤처 회사에는 '정해진 일' 따위 존재하지 않는다. 세간에서는 잡일이라 불리는 일도 포함하여 모든 게 자기 일이다. 말하자면 일은 무한하다. 대신해줄 사람이 없기 때문이다. 휴가도 없는 것이나 마찬가지다. 당연한 말이지만, 대기업과 다르게 휴일에 쉬고 있으면 회사는 절대로 돌아가지 않는다. 벤처 회사에서 일한다는 것은 매일이 긴급상황인 것이나 마찬가지다. 그것은 매우 바쁘고 힘든 일이지만 그렇게 생각하지 않는 사람만이 벤처 회사에서 일하는 데 적합하다. 즉 일을 다음과 같이 인식하는 사람이다.

'하는 일에 한계가 없기 때문에 하는 보람이 있다. 오히려 한계가 있는 일이라면 재미없다.'

내부에 들어와 일선에서 일하게 되면 '눈부신' 부분은 아주 일부에 지나지 않는다는 것을 알게 된다. 그런 '리얼'한 사정을 그는 모른다.

와타나베를 만나 잠시 이야기한 단계에서 그것을 곧 알아차렸다. 그래서 '기다려'라고 말하며 그의 날뛰는 기분을 말린 것이다.

* * *

결론적으로는 지원해준 여러 사람과 면접한 결과, 벤처 회사에 적합하지 않다는 것을 각오하고서 와타나베를 채용하기로 했다. '나와 일하고 싶다'는 그의 마음에 져보기로 한 것이다.

실제로 일선에서 일하기 시작하자 와타나베의 출판유통에 대한 지식 같은 것은 도움이 되었다. 하지만 '작디 작은 회사'에다 '만든 지 얼마 안 된 회사'를 돌아가게 하는 것에 있어서는 나와 상당한 온도차가 있었다.

예를 들어 와타나베에게 "이번 한 달 동안 전국 200개 서점에 인사하러 가자!"는 미션을 제안했다. 그러자 그는 〈마루코는 아홉 살〉에 나오는 꼬마마냥 띵하고 쇼크를 받아 눈 밑에 그림자를 드리우고 "그거 의미 없는데요"라고 말했다. 자신의 직분상 "형식적으로 도는 게 될 수 있으니까요"라고 말하는 것이기도 하지만, 머릿속으로 '그건 불가능한 그림'이라고 금방 생각해버리는 게 와타나베의 버릇이었다. 하지만 나는 '마음을 담아 하는 것이야말로 일이라고 생각한다. 게다가 스스로 영업을 하려는 이 타이밍에, 철저하게 인사하러 돌아다니는 것은 필수다', '안 돼요는 없다. 안 되는 일은 되게 할 뿐'이라고 말했다.

이유는 대단히 간단했다. 그러지 않으면 회사가 돌아가지 않기 때문이다. 하지만 와타나베는 도무지 이해가 안 된다는 식이었다.

앞에서 나는 설령 규격 외라 해도 자사 제품 타이어로 달려야 한다고 말했다. 하지만 출발하려는 시점에서 보니 미시마차의 영업용 타이어는 예상보다 훨씬 규격 외였다. 말하자면 그 타이어는 둥글지 않았다. 이게 웬걸, 사각형이었던 것이다.

걱정하던 사태가 너무 빨리 일어나고 말았다. 하지만 와타나베가 이해하기를 기다릴 시간은 없었다. 직접 영업을 하기로 결정하고, 하루라도 빨리 책을 출간하지 않으면 회사의 존속 자체가 힘들었기 때문이다.

의견이 엇갈리면서도 스스로 영업을 하기 위해 둘이 분담해서 매일 여기저기 돌아다녔다.

창고 선택, 거래 서점에 인사, 배송회사와 조건 체결……. 아무것도 없는 상태에서 무언가를 만들어내는 활동이었다. 지금 생각해보면, '와타나베가 갑자기 벤처 분위기를 접해 깜짝 놀 랐으면서도 잘 움직여줬구나'라는 생각이 든다. 다만 그때는 나 스스로 필사적이었기 때문에 그의 언행에 대해 '대체 왜 저러 지?'라는 생각이 앞섰다.

사실 스스로 말하기에 뭐하지만, 나는 힘들었다. 당시 자력 으로 영업하기 위한 움직임, 회사에서 하는 매일의 활동(청소부 터 블로그 갱신까지), 회사의 경영까지……. 특히 힘들었던 것은 진흙 을 삼키더라도 계속하겠다고 맹세한 이후 받아들였던 다른 출 판사의 외주 작업이었다. 그중에서도 자료를 받아서 한 권의 책 을 구성하고 편집하는 일은 체력적으로 한계에 다다른 상황에 서 하는 작업이 되었다. 머리가 좀처럼 움직이지 않는다. 이리 짜고 저리 짜내도 더 이상 아무것도 나오지 않습니다. 창작활동 을 할 때 막다른 벽에 부딪친 아티스트가 그만 약에 손을 대고 만다는 에피소드를 가끔 듣는데, 그 기분을 아주 조금은 알 것 같았다. 이런 상황 속에서도 마감만은 지키겠다고, 말 그대로 필사적이었다.

그런 우당탕 쿵쾅 소란스러운 나날이 이어지는 가운데 씩씩 하게 나타난 것이 기무라 모모코였다.

* * *

와타나베와 둘이서 스스로 영업하기 위해 준비하던 어느 날 의 일이다.

아는 편집자가 전 서점 직원이자 POP 명인이라 불리는 기무라를 소개시켜주었다. POP라는 것은 '읽고 눈물이 났습니다', '이 여름에 자신 있게 권한다!' 같은 감상과 함께 점포 앞에 꾸며지는 판매촉진제다. 기무라는 서점 직원으로 일할 때부터 POP 만들기의 달인이라 불렸다. 그 기무라와 처음 만났을 때, 어째서인지 넷이 모인 자리에서 아주 거대한 만두를 먹었던 기억이 난다. 이후 이따금씩 연락을 주고받았다. 그리고 스스로 영업하는 날이 드디어 눈앞에 다가왔을 때, 한 가지 고민을 털어놓았다.

"책을 만들고 그걸 서점에 진열하는 것까지는 어떻게든 될 것 같아. 하지만 거기에서 독자의 눈에 들기 위한 움직임이 부족하네……."

이렇게 생각한 데에는 그럴 만한 이유가 있다. 와타나베가 입사하기 전, 아직 1인 출판 체제였을 때의 일이다. WAVE출판에 영업 대행을 맡기고 『실제로는 몰랐던 일본』에 뒤이어 2007년 11월에 『머리가 좋아지는 입체사고법』(카야마 리카 지음)을 내고나자 대부분의 자금을 소진하고 말았다. 책이 한 권이라도 더 팔리지 않으면 금방 우리가 왜 가난한지를 묻고 답하는 노래를 부를 상황이었기에 나는 괴로운 나머지 프로모션 활동에 나섰다.

'작은 출판사에서
베스트셀러를!' 이벤트

2007.2.20

'생긴 지 얼마 안 된 출판사에서 베스트셀러를!' 이벤트

제목 길어서 죄송합니다…….

『머리가 좋아지는 입체사고법』 출간 기념 이벤트를 기획했습니다.

그중 하나로, 독자분의 감상을 미시마샤 홈페이지에 게재하기로 했습니다.

아래 질문에 답해서 보내주시면 감사하겠습니다.

함께 베스트셀러를 키워봅시다!

부디 잘 부탁드립니다.

○ 질문

'이 책에 대한 감상은?'

'당신은 어떤 타입입니까? (R-, -F, RF, R-F, R, I, F)'

(어디가 그렇습니까?)

'입체적 사고법을 이렇게 활용하겠다! 하는 생각이 있으십니까?'

'이 사고법을 권하고 싶은 사람이 있습니까?'

덧붙여 이 이벤트에 응모한 인원은 총 5명. 그것도 대부분은 가족……. 후에 입사하는 기무라 모모코와 O, 거기다 내가 실업자이던 시절의 친구도 있었다. 결과적으로 외연을 거의 확장하

지 못한 채 이벤트를 끝낸 경험이 있었던 것이다.

그런 경험을 거쳐 '만들다', '보내다', '닿다'가 얼마나 어려운지를 뼈저리게 느꼈다. '독자의 눈에 들기 위한 움직임이 부족하다'는 발언은 그런 괴로운 경험을 근거로 한 것이었다.

기무라는 즉각 "서점 직원의 POP 하나로 완전히 달라져요"라고 잘라 말했다. 그 어조에는 '서점 직원'이라는 존재에 대한 절대적인 신뢰와 자긍심이 흘러넘쳤다.

당시 기무라는 K서점의 부탁을 받아 몇 개월간만 임시로 아르바이트를 하고 있었다. 원래 결혼하기 전까지는 그 서점의 정직원으로 약 7년을 일했으나 결혼을 계기로 퇴사했다. 그 이후에는 전업주부로 지내면서 가끔 옷 입는 법 같은 것을 가르치고 있었다. 나와 만났을 때에는 오랜만에 '서점 직원'으로 일주일에 몇 번 정도 일하고 있었기 때문에 '서점 직원으로서의 열정'이 대단히 높았다. '서점의 힘을 믿는다'는 점에서 그녀는 '일본 제일'이라 말해도 될 정도의 레벨에 있는 것 같았다.

어느 날, 그 기무라가 지유가오카에 놀러오게 되었다. 무려 자택이 있는 사이타마현 미사토시에서 2시간이나 걸려서. 그래서 '모처럼 지유가오카까지 와준다면' 운운하면서 뻔뻔스럽게 부탁했다.

"POP를 만들어준다면 고마울 텐데. 정말 미안하지만, 봉사활동으로……."

"물론이죠! 꼭이요!" 그녀의 말투에서 그녀가 마음속으로 기뻐하고 있음을 알 수 있었다.

결국 남자 둘이서 일하는 지저분한 원룸 사무실에 기무라가 왔다. 화이트보드에 '웰컴 모모 공주님'이라고 쓰는 환대는 지금 생각하면 조금 부끄럽지만(이렇게 말했지만 이후 여직원이 올 때마다 이 웰컴 보드는 계속되었다).

그때의 기무라는 마치 하느님 같았다.

애초에 등장부터 달랐다. POP를 만들러 온 것일 텐데 어째서인지 바느질 도구 한 세트를 가지고 왔다. 그리고 도착한 지 얼마 안 되어 바쁘게 손을 움직이기 시작했다. 색종이를 가위로 잘라 색연필로 캐치프레이즈를 쓰고 혹은 그린다. ……이렇게 생각했는데.

꿰, 꿰맨다! 무려 색종이에 실을 이어 무언가 꿰매기 시작하는 것이 아닌가?!

깜짝 놀랐다. 내 머리로는 이해 불가능한 사태가 눈앞에서 펼쳐지고 있었다. 하지만 이쪽이 놀라는 것 따위는 상관하지 않고 기무라는 계속 손을 움직였다. 묵묵하게는 아니고 입을 착실하게 계속 움직이면서. 기무라 모모코 가라사대.

"POP 하나 붙이는 걸로도, 그러니까 조금이라도 '움직임'이 있는 걸로도 결과는 전혀 달라져요. 그것도 입체로 되어 있으면 단지 그 이유만으로 그 앞을 지나가는 손님들의 눈에 띄어서 팔린다고요."

과연~. 기무라 선생님의 강의는 하나하나 이해가 잘되었다. 한마디, 한마디에 서점 직원 때의 경험이 뒷받침되어 있었다. 한 권의 책을 독자에게 전하고 싶다. 그녀의 이야기 한 마디 한 마디에는 한 권의 책을 진지하게 마주 대하며 노력을 아끼지 않고 싸워온 사람만이 가질 수 있는 설득력이 스며들어 있었다.

　그렇다, 손님은 인간이다. 인간인 이상, 인간미가 있는 것에 반응한다. 그것은 내가 편집에서 항상 주의하는 것과 마찬가지 아닌가. 인간미 있는 책 만들기를 하자. 한 권에 혼을 담자. 같은 의미로 독자분의 눈에 '닿게 하는' 활동에도 어떻게 해야 독자들이 인간미를 느낄까가 가장 중요하다.

　이때, '만들다·보내다·닿다'라는 일련의 출판활동이 처음으로 이어졌다. 바꿔 말하면 차의 양 바퀴가 연동하게 된 순간이었다.

＊ ＊ ＊

　다음 날, 나는 그녀에게 전화를 걸었다. POP를 만들어준 것에 대해 고맙다고 인사하는 것과 함께 한 가지 더, 무슨 수를 써서라도 말하고 싶은 게 있었다.

　"미시마샤에서 일해주지 않겠습니까?"

　망설임은 없었다. 한 권의 책 안에 '재미'를 가득 담아, 최단 거리로 독자에게 전한다. 창업 시에 내걸었던 '원점회귀'하는 출판사가 되기 위해 그녀는 정말로, 꼭 있어야 하는 사람이라고 느꼈다.

물론 기무라 쪽에서도 어제 POP를 만들면서 미시마샤에 들어오고 싶다는 분위기를 마구 풍겼다. "이 POP 대단하네"라고 내가 이야기하자 "쉬운 일이에요"라고 기무라는 대답했다. 그냥 주부로 지내는 것만으로는 그녀가 가진 끼를 주체하지 못하는 듯했다. 그러니까 나는 기무라도 흔쾌히 맡아줄 것이라고, 어렴풋이 생각하고 있었다. 그런데…….

"미시마샤에 힘을 보태주세요"라고 부탁하자 보인 기무라의 반응은 "고맙습니다. 하지만 지금 당장 대답은 못 하겠어요"였다.

엇, 이봐, 이봐…….

내심 이렇게 생각했다. 그렇지만 뒤이어서 "일단 저는 주부라서요. 남편과 이야기해볼게요"라고 말해서, '확실히 그건 그렇네' 하고 생각을 고쳐먹었다.

"알겠습니다. 그럼 천천히 이야기 나눠보고 말씀해주세요."

잠시 기다리자. 두 사람의 이야기가 잘되기를 기도할 뿐. 내가 할 수 있는 일은 그것뿐이구나.

그런 식으로 자신을 타이른 지 1초도 되지 않아 마지막에 그녀는 이렇게 덧붙였다.

"그래도 제 마음은 하나예요."

오, 오오! 이, 이 대사는…….

내가 아는 한 이것은 1985년 당시 오릭스 브레이브스(일본 프로야구팀으로 1936년에 창단했다. 현재 이름은 오릭스 버펄로스—옮긴이)에 드래프트 1위로 지명되었을 때 펀치사토라 불린 사토 카즈히로(전 프로야구 선수로 컬을 작게 마는 펀치 파마가 트레이드 마크여서 펀치사토라는 별명을 얻었다—옮긴이)가 한 대사가 아닌가!

뭐랄까, 대단한 일이 일어나는 것 같았다. 아무도 모르는 작은 회사의, 지유가오카에 있는 원룸에서 '대단한 일'이 계속해서 일어난다. 그때, 내 회사 일이면서도 나는 앞으로에 대한 기대감에 설레어 무심코 떨리기까지 했다.

그도 그럴 것이다. 초공세적 공격수인 기무라와 초수비적 수비수인 와타나베. 한 명은 한 번 공세에 나서면 전방에서 돌아오지 않지, 다른 한명은 총공격할 때에도 자기 진영의 페널티 에어리어 안에서 대기하지. 어느 쪽이 볼록하고 어느 쪽이 오목한지는 이미 알 수 없지만, 물과 기름, 개와 원숭이, 이노키와 바바(일본 프로레슬링계의 최대 라이벌인 자이언트 바바와 안토니오 이노키—옮긴이), 이치로와 도이 감독(일본의 유명 프로야구 선수인 스즈키 이치로는 오릭스 블루웨이브에 소속되어 있던 시절, 도이 소조 감독에 의해 2군으로 강등된 적이 있다—옮긴이), 학생회장과 부회장, 체게바라와 미합중국……. 절대로 교차할 일 없는 두 개의 선이 불과 3명밖에 없는 회사 원룸이라는 작은 공간에, 평행선으로 달리고 있다. 있어서는 안 될 터인 위험천만한 조합. 바야흐로 어렵고 위험하다 해도 좋을 조합이 탄생한 것이다.

흥분될 수밖에 없다. 나는 그때 확신했다. 아직 세간에서는 아무도 모르는 실적 없는 출판사지만, 앞으로 새로운 세계가 반드시 열릴 것이라고.

물론 그 새로운 세계가 '재미있는 것'이 될 것인지, '잘은 몰라도 아픈 것'이 될 것인지는 신만이 알겠지만.

💡

05

손수 판매합니다만,
무슨 문제 있나요?

『도시 공간의 중국론』이 도착했습니다

2007.3.13

드디어!
우치다 타츠루 선생님의 『도시 공간의 중국론』원고가 도착했습니다! (감격)
우치다 선생님께서 블로그로 소개해주셨네요.

"이게 팔리지 않으면 세운 지 얼마 안 된 미시마샤의 재정에 직접적으로 타격이
간다.
안 팔리면 곤란하다.
나는 곤란하지 않지만, 미시마 군이 곤란하다."

선생님, 감사합니다. (감동의 눈물)
이어서······.

"그런 관계로 여러분, 다른 것은 제쳐놓더라도 이 책만은 사주셨으면 한다. 문
예춘추나 가도카와쇼텐이나 신초샤 같은 큰 곳은 한 권이나 두 권 정도 안 팔린
들 딱히 아프지도 가렵지도 않지만, 손수 팔아 조그만 장사를 하는 출판사에는
사활이 걸린 문제다."

네, 네에, 그 말씀 그대로입니다.
정말 손수 판매하는 것인지라······.

> "거기다 이 책은 재밌다.
> 이 책을 쓴 내가 말하는 것이니 믿어주셨으면 한다."
>
> 정말 이 책은 재밌습니다.
> 편집한 저도 단언할 수 있습니다.
> 저희 회사의 사운을 쥔 『도시 공간의 중국론』.
> 몇 개월만 있으면 여러분의 수중에 다다를 예정입니다.
> 조금만 기다려주시길!
>
> (우치다 선생님, 감사합니다!)

네모난 형태의 자사 제품 타이어를 장착했다. 양 바퀴를 잇는 모터도 찾았다. 미시마차는 좀 못생기긴 했어도 일단 형태는 갖추었다. 거기다 우치다 선생님으로부터 원고도 받았다. 출판사의 주요 요소라 할 수 있는 원고, 곧바로 차체에 탑재해도 될 보물을, 차가 완성되기를 기다리지 않고 먼저 가질 수 있었던 것이다.

이런 행운이 있을 수가……. 일이 어떻게 되든지 간에 이 보물을 독자들에게 보내야 한다. 그것도 가능한 빨리, 가능한 많은 사람들에게. 그렇게 씩씩거렸지만 아직 커다란 문제가 두 개 남아 있었다. 그것도 꽤 커다란 문제가.

① 도로 없음(서점이라는 과제).

② 연료보급지 없음(창고라는 과제).

차 말고는 없음. 도로도 연료보급지도 없는 상황에서 달랑 차만 있다. 만일 주유소를 발견해서 차가 달릴 수 있다 해도, 길 없는 길을 가는 수밖에 없다. 그 앞에 '독자'가 있다는 보증도 전혀 없는 길 없는 길을……. 갈수록 태산이다.

이런 상태에서 과연 차를 달리게 할 수 있을까?

이런 식으로 내가 불안해했다면, 아마 그렇지 않았다고 생각한다. 간단히 말해서, 그럴 시간이 있으면 '행동'했다. 한창 급할 때 사람은 불필요한 불안은 생각하지 않는 법이다.

그리하여 연료보급지와 도로 확보, 즉 창고회사를 정하고 서점과 거래를 트는 것을 서둘렀으나, 사실 두 가지는 따로인 것 같으면서 하나인 관계였다. 이에 대해 말하기 위해서 먼저 전국 방방곡곡에 있는 서점에 어떻게 책을 갖다 놓을 수 있는지에 대해 이야기를 해야겠다.

* * *

출판유통. 이 단어를 들으면 출판업과 상관없는 사람들은 무엇을 상상할까? 대부분 들어본 적 없다고 반응할 것이다. 어떤 이미지인지도 모르겠다는 것이 많은 사람들의 본심이 아닐까.

실제로 총 7년간 출판사에서 일한 나조차도 창업하기 전에는 그 시스템을 잘 몰랐다. 물론 '도매상'이라는 말을 들어본 적은 있었다. 그리고 그것이 전국 서점에 책을 '유통하는' 역할을 한다는 것 정도는 알았다. 그 도매 유통 시스템이 전국 구석구석에 동일한 정가로 상품을 공급하는 중요한 역할을 한다는 것도. 하지만 그 실태가 어떤지에 대해서는 잘 몰랐다.

당연히 '출판사를 만들자!'고 결정한 동시에 유통에 대해 생각했다. 편집하고 인쇄하는 것까지는 약간의 편집 경험과 인쇄비만 있으면 누구나 할 수 있다. 아니, 편집 경험은 딱히 필요하지 않을지도 모른다. 좋은 책을 내고 싶다는 마음만 있다면, 충분히 책이라는 형태는 만들 수 있다. 그러나 그 '한 권'을 서점에 진열하지 못하면 아무리 좋은 책이라 해도 그게 독자의 손에 다다를 일은 없다. 그래서는 보물을 갖고 있으면서도 썩히는 꼴이 된다.

거기까지는 나도 이해하고 있었다. 그러나 조사해보니 곧 거대한 맹점이 있음을 알아냈다. '어떻게' 유통시킬 것인가, 즉 도매상과 거래하는 것이 그리 간단하지 않았던 것이다. 일단 다음의 문장을 다시 읽어주길 바란다.

그 '한 권'을 서점에 진열하지 못하면 아무리 좋은 책이라 해도 그게 독자의 손에 다다를 일은 없다.

그렇다. 바꿔 말하자면 '유통'이 모든 것을 장악했다는 반증이기도 하다. 그리고 그 '모든 것'을 쥔 주인은 출판유통을 장악한, 도매상이라고 불리는 여러 회사다. 요지는 출판사가 책을 유통할 수 있느냐 없느냐는 '도매상'에 달렸다는 것이다.

그 도매상이 적극적으로 새로운 출판사의 탄생을 지켜봐준 다면 전혀 문제가 없다. 그러나 속담에도 있듯이 도매상은 제대로 거래할 수 없는 곳과 거래하지 않는다. 어느 시대에든 똑같다. 도매상은 기본적으로 신규 거래를 싫어하는 데다 철저하게 꺼린다. 출판사에서 영업을 해본 경험이 있는 사람이라면 입을 모아 말하는 상식이다.

본래 출판업계 전체의 번영을 생각한다면 출판계에 새로 진입하는 것을 가능한 쉽게 해야 한다. 한 업계에 새로운 피가 수혈되지 않으면 그 업계는 틀림없이 못 쓰게 되기 때문이다. 예를 들어 상아탑이라 불리는 학계는 유명무실해져 그 권위를 잃었다. 어떤 지역의 전력 공급을 한 회사가 독점한다면 당연히 이상해진다. 그런 것이다.

그러니까 도매상도 계속 새로운 출판사와 거래를 해서, 새로운 감성에 의한 새로운 움직임이 일어나도록 뒷바라지를 해야할 것이다. 누가 뭐라 말하든 무조건 말이다. 그러나 실제로는 '그래도 도매상은 신규 거래를 하지 않는다.' 어째서일까?

이 질문은 사실 일본을 비롯해 세계에 만연한 어떤 의문과도 이어질지 모른다(라고 대담하게 말해본다). 반드시 그렇게 하는 게 좋다고, 누구나 생각하는 일이 왜 일어나지 않을까?

여기서는 일단 출판계에 한해 살펴보기로 하겠다. 그 결과 앞에서 나온 질문에 대한 답도 찾을 수 있을지 모른다는 기대를 품고서.

* * *

일단 질문을 다시 한 번 생각해보자.

"도매상은 왜 새로운 출판사와 거래하려 하지 않는가?"

물론 도매상도 이유 없이 엄격하게 구는 것은 아니다. 나름대로 사정이 있기는 하다. 인정머리 없이 말하자면, 그것은 출판업계 전체가 안고 있는 문제다. 즉 업계 전체의 구조적 문제가 얽혀 있다.

출판업계 전체, 구조적 문제…… 이렇게 말해도 업계 밖에 있는 사람에게는 곧바로 와 닿지 않을 것이다. 그러나 이 기본적인 현상을 파악하지 않으면 무엇이 '원점회귀'인지를 업계 밖에 있는 사람에게 납득시키기란 불가능하다.

그런 이유로 잠시만 출판 내부 사정에 대한 강의를 들어주세요. 강사는 미시마샤 제일의 업계통 와타나베 유이치입니다.

"출판계의 매출은 1996년에 정점을 찍고 계속해서 조금씩 감소하는 추세입니다. 그 사이, 1년에 간행되는 신간의 수는 1992년에 3만 8,000종이었으나 현재는 약 8만 종으로 배 이상 늘어났습니다. 즉 단순하게 계산하더라도 신간 한 권이 팔리는 양은 절반으로 떨어진 셈입니다. 거기다 하나 더 성가신 문제가 있습니다. 반품 문제입니다. 원칙상, 신간은 초도배본분에 한해서는 반년간 위탁상품으로 배본됩니다. 이게 무슨 말이냐 하면,

'위탁 기간인 반년 동안에는 반품은 언제든 OK예요'라는 뜻입니다. 그래서 서점의 리스크를 줄이고, 출판사 측에서 보면 조금이라도 상품을 서점에 진열할 기회를 늘릴 수 있습니다. 출판사가 매절을 고수한다면 서점은 지금까지 매입했을 책이라 해도 매입하지 않는 사태가 발생할 수 있습니다. 그러면 출판사 입장에서는 '팔릴' 기회마저 사라지고 맙니다. 그러므로 이 위탁제도라는 것은 사실 양쪽 모두에 좋은 구조라고 말할 수 있습니다.

그렇습니다만, 늘 좋은 점만 있는 것은 아닙니다. 출판 종수가 폭증한 지금에 와서는 반품률이 올라가는 것이 무시무시한 문제가 되었습니다. 심지어 2008년에는 반품률이 마침내 40퍼센트까지 올라갔습니다.

즉 이런 사태가 벌어지는 것입니다. 출판사에서 출간한 책은 도매상을 통해 전국 서점에 배본됩니다. 하지만 슬프게도, 배본된 책의 약 반절이 결국 출판사 창고로 돌아오죠. 그중 태반은 두 번 다시 햇빛을 보지 못한 채 재단·소각되는 괴로운 일을 당하는 것입니다.

그야말로 악순환이죠. 자원 낭비라고 말하는 사람도 있습니다. 이 악순환의 원인이야말로 구조적 문제의 정체입니다."

구조적 문제. 그 요지는 출판사가 '눈앞의 일'만 우선시한 결과라 할 수 있다. 즉 업계 전체의 팔림새는 조금씩 안 좋아졌다. 그것을 보완하려고 출판사는 신간을 늘렸다. 출간 종수는 배가 되었지만, 전체 매출은 떨어진 상태에서 거의 제자리걸음을 하고 있으므로 단순하게 계산하더라도 한 종이 나가는 부수는 절반이 되었다. 말할 것도 없지만 서점의 공간은 한정되어 있다. 거기에 설령 얼마만큼 시대가 진보하더라도 한 사람이 읽을 수 있는 책의 수가 배로 늘 수는 없다(이 점에 대해서라면 오히려 후퇴하고 있을지도). 당연한 일이지만 신간이 늘어남에 따라 반품도 크게 늘었다. 반품된 만큼을 보충하겠다고 출판사는 신간을 더 출간하게 되었다. 그리고……. 이렇게 훌륭한 악순환이 반복된다.

과연, 이래서는 곤란하다는 이유로 도매상은 신간을 받고 싶지 않아 한다. 그 결과 새로운 출판사의 진입을 완고하게 거부한다는 쪽으로 판단을 내리게 된 것이다. 이상 인정머리 없는 이야기였습니다. 따란.

…이야기를 여기서 이렇게 끝내버리면 일본의 출판계는 과거에 묶인 채 영원히 미래를 향한 길을 닫아버리게 된다. 출판사의 수도 책의 종수도 줄기는커녕, 그저 무책임하게 자연 감소하기를 기다리며 쇠퇴일로를 밟을 뿐. 그런 결론에 다다르기 십상이다. 사실 내가 창업한 2006년에는 '122개 사가 도산하고, 11개 사가 창업'했다.

앞에서 설명한 것처럼 내가 창업을 결심하게 된 '계산식'은 다음과 같다.

'인간미 있는 책을 만들어, 독자에게 확실히 전달하고 싶다'

+

'활동 하나 하나가 미래의 출판을 쌓는 한 걸음이었으면 한다'

즉 나에게 있어 '출판사를 만든다'는 것은 '미래의 출판을 쌓는' 것이 되어야 했다. 그렇지 않으면 다른 출판사에서 지금까지처럼 활동하면 될 일이다.

물론 그런 활동을 부정하지는 않지만, 자각할 필요는 있다고 생각한다. 무엇에 대해 자각해야 하느냐면, 지금 우리가 열심히 하는 이 활동은 '일찍이' 잘 짜인 시스템에 얹혀가는 것이라는 점에 대해서다. 지금 얹혀가는 시스템은 어디까지나 연명 조치일 뿐이다. 그리고 무섭게도 우리들은 그 시스템 위에서 열심히 하면 할수록 그 시스템이 '연명'하는 데 가담하고 있다. 우리가 바라든 바라지 않든 상관없이, 그것은 글로벌 자본주의 사회에서 선진국에 사는 사람들이 '풍족함'을 누릴 때 자기도 모르는 사이에 개도국을 착취하는 구도와 큰 차이가 없을지도 모른다. 이야기가 조금 빗나가지만, 혁명가들은 그 구도를 '좋다'고 말하지 않는다. 예를 들 것도 없이 체게바라가 대표적 인물이다.

체 게바라(1928~1967). 아르헨티나 사람으로 쿠바혁명의 영웅. 장관까지 됐으면서 그 지위를 버리고 볼리비아의 산중으로 떠났다. 아메리카 제국의 착취에서 남미 국가들이 해방되기를 바라며 일생 '혁명'에 몸을 던진 진짜 혁명가.

혁명적 정치권력은 상대적으로 안전해야 하지만 전쟁의 바깥에 있으면 안 되고, 외국 더 나아가 원격지에서 운동을 조종해서는 안 되며, 인민 속에서 싸워야 한다. (에르네스토 체 게바라, 세계 혁

명운동정보 편집부 역, 『국경을 넘는 혁명』, 레볼트사)

게바라의 사상은 형태를 바꿔서 현대사회에도 필요한 게 아닐까. 나는 남몰래 이렇게 생각한다.

어느 쪽이든 나도 그런 구도를 좋다고 말하고 싶지는 않다. 그렇다고 해서 스스로 현지로 날아가 혁명을 일으키자고 생각하느냐 하면, 내 대답은 아니오다. 최근 들어서 사회기업가라고 불리는 사람들 중 일부는 그런 현대의 혁명가적 측면이 있는 것 같다. 개도국 사람들이 자본가들에게 계속 '착취' 당하는 관계에서 빠져나올 수 있도록 '자립'하기 위한 길을 만든다. 그러기 위해서 대등한 비즈니스 파트너로서 공정 무역을 한다. 그런 사회활동을 하는 사람들이 점점 주목을 받고 있어 무척 좋은 일이라 생각한다. 내가 학생이었다면 '그쪽'으로 갔을지도 모른다.

다만 나는 '출판'이라는 세계에서 자랐을 따름이다. 좀 더 자세히 말하자면 철이 든 때부터 책이 나를 키워주었다. 나를 키워준 그 세계가 조용히 쇠퇴의 길을 걷고 있다. 그 점을 알아차린 데다 나 또한 그 세계에 과중하게 발을 담갔기에 그것을 계속 무시할 수는 없다. 혹시 무시하려 한다면 그에 대해 느끼는 자신의 감각을 둔하게 만들어야 한다. 그것은 감각을 중시하는 편집이라는 일에도 적잖이 영향을 끼칠 것이다.

결론은 '자기 눈앞의 일'과 '자신이 발을 담근 세계'는 떼려야 뗄 수 없는 관계라는 것이다. 그러므로 나는 편집이라는 일을 제대로 하기 위해서라도 '내가 있을 장소를 조금이라도 개선'하는 일을 동시에 병행하기로 했다. 즉 '여기'에서 열심히 하자고 결의한 것이다(덧붙여서 이 결의가 내 딴에는 게바라적인 것이다).

출판은 텔레비전과 비교하면 지극히 작은 미디어지만, 미디어라는 사실은 변하지 않는다. 거기다 텔레비전과는 달리 하나의 물건으로 존재하는 미디어다. 물건인 이상 일시적이라는 요소는 사라지고, 책의 본질은 시간을 초월하여 존재하는 것에 있게 된다. 예를 들어 책장에 10년 이상 잠들어 있던 어떤 책을 우연히 펼쳤는데, 거기에 인생을 바꾸는 말이 기다리고 있을 수 있다. 이런 것이 출판 미디어의 본질이라 할 수 있지만, 우리는 과연 그 특질을 최대한 살리는 형태로 행동하고 있는가? 즉 자기가 살아가겠다고 결정한 세계의 미디어가 '미래의 존재 방식'을 따르고 있는가, '무너진 상태'에 있는가? 이후 어느 쪽으로 향하려 하는가? 항상 그에 대해 자각해야 한다.

우리들이 취하는 선택 하나하나는 회사에 절대 적지 않은 영향을 미친다.

* * *

그러면 '미래의 출판을 쌓는' 존재 방식이란 어떤 것일까? 그것을 가능하게 하기 위해서라도, 이제부터 새롭게 시작하는 출판사에는 어떤 게 최상의 방식일까?

기준으로 생각할 수 있는 포인트는 명료했다. '납품은 곧 반품' 같은 일이 없는 것. 가능하면 반품 자체가 없었으면 했다(반품은 권투에서 배와 가슴을 때리는 보디블로 같은 것으로 조금씩 조금씩 회사의 체력을 깎아먹는다). 동시에 정산이 오래 걸리지 않을 것. 가능하면 납품하고 나서 몇 개월 안 됐을 때 대금을 청구하고 싶었다(도매상을 경유하면 초도 대금이 입금되기까지 7개월이나 걸린다).

스스로 영업을 하기로 결정했을 때, 내게는 명확한 방침이 있었다. 그것은 '직거래 영업'이다. 도매상을 거치지 않고 서점에 직접 납품한다. 그것이야말로 위의 두 가지를 만족시키면서 독자에게 최단거리로 다다를 수 있는 방법이 아닐까 한다. 이게 바로 원점회귀하는 출판활동이 아닐까.

오해 받기 싫지만 이 중 어떤 것도 내가 떠올린 방법은 아니다. 실은 꽤 이전부터 이런 직거래를 주로 하는 출판사가 나름대로 있었다. 그러나 '미래를 향해'라는 관점에서 봤을 때, 나는 망설일 것도 없이 『14살의 철학』 같은 히트작을 출간한 트랜스뷰의 쿠도 히데유키 씨를 떠올렸다. 그는 '트랜스뷰 방식'이라는 직거래를 고안해낸 사람이다. 조금 길지만 그 방식에 대해 서술한 글을 인용하겠다.

서점 측에서 보면 지금 상태의 출판유통에는 세 가지 문제가 있다. 책이 들어올 때 도매공급율이 높다, 희망한 부수가 들어오지 않는다, 책이 들어오는 속도가 느리다, 이 세 가지다. (…) 이것들 전부를 해결할 방책은 필연적으로 서점과 직거래하는 것밖에 없었다. 공급율을 유연하게 설정할 수 있고, 서로에 대한 신뢰 관계를 통해 "충분한 부수"를 협상해서 내보내고, 시간을 지체하지 않고 바로 출고하려면 도매를 끼지 않는 편이 좋다는 것이다. 서점도 스스로 책임지고 책을 매입하여 판매한다면, 팔기 위해 힘을 쏟게 되고 그럴수록 타사의 상품보다 총 이익이 높아진다. 당연히 반품은 줄어든다. (나가오카 요시유키, 『출판 프로젝트 X』, 열린책들)

실제로 쿠도 씨와 만나 이야기를 듣고 그 순간 '이거다'라는 확신이 들었다. 하나하나가 실제로 이치에 들어맞는다. 서점의 돈벌이도 늘어난다. 주문한 부수가 (도매상 때문에) 줄어드는 일 없이, "주문할 수 있는 충분한 수량"에 맞추기 위해 서점의 '판매하는 기세'가 꺾이는 일도 없다. 출판사도 직접 서점과 연결되어 반품률이 현격하게 줄어들 것이라 예상할 수 있다. 즉 최초의 비효율을 없애면 결과적으로 효율이 생겨난다.

'한 사람'의 독자와 연결되기 위해서라도 나는 이쪽 길을 걸어보고 싶었다.

그래도 혹시 이런 질문을 하는 사람이 있을지도 모른다.

"그렇게 이치에 들어맞는 방식이라면 왜 다른 출판사도 따라하지 않지요? 이런 방식이 퍼지지 않은 이유가 있는 게 아닐까요?"

그것 참 그럴듯한 지적이다. 정말 이치에 합당한 방식이라면 널리 보급되어 있을 것이다. 하지만 실상은 그렇지 않다.

짐작한 대로 이 방식이 퍼지지 않은 것은 나름대로 이유가 있어서다. 그 이유를 단순하게 말하자면, 이치에는 합당하지만 맨 처음에 감내해야 하는 비효율이 '도를 넘는' 비효율인 탓이다. 출판사 측에서든 서점 측에서든 크다고 할까, 적지 않은 부담을 안게 된다. 출판사 측에서 보면, 도매상 몇 군데와 거래하면 전국 서점에 책을 배본할 수 있고, 청구서도 도매상 하나에만 보내면 된다. 그런데 직거래를 하면 전국 몇백 개의 서점에 청구서를 보내야 하므로 관리하는 게 쉽지 않다. 서점 측에서도 같은 부담을 더 많이 지게 된다. 딱히 높은 매출을 올리지 않는데도 작은 출판사 하나를 위해 관리해야 할 거래처를 일부러 하나 더 늘리는 것이니까.

그래도 '작은 출판사'의 방식은 '이쪽'이라는 직감에 흔들림은 없었다. 서로 부담은 늘겠지만 눈앞의 비효율을 피하기만 해서는 영원히 '미래'를 개척할 수 없다. 최선은 아니지만 과거의 방식이 아니라는 것만으로 충분히 차선이라 할 수 있다. 그리하여 스스로 영업이라는 한쪽 바퀴의 규격은 트랜스뷰 방식인 '직거래'로 결정되었다.

다음은 이것을 베이스로 반질반질 윤을 내면 된다. 처음 달리는 타이어의 규격 치고는 편집이라는 또 다른 타이어와 상성이 아주 좋다. 그것만큼은 직감적으로 단언할 수 있었다.

* * *

이야기를 보급지(창고)와 도로(서점)로 돌리자.

우리들은 양 바퀴를 갖추면서(즉 스스로 영업을 시작하면서) 직접 도로에서 자차를 달려 서점에 이르렀다. 그렇기 때문에 보급지의 역할도 크게 바뀔 수밖에 없었다. 이제까지의 출판사 창고회사 업무와 비교하면 필연적으로 업무가 크게 늘어난다. 구체적으로는 보통 도매상에 짐을 꾸려 발송하면 끝나는 작업인데, 전국 몇백 개, 많을 때는 수천 개 가까이의 서점에 직접 출고 작업을 해야 한다. 그것도 아마 매일……. 이런 일을 해줄 창고회사가 있을까.

계속 불안해하며 출판전문 창고회사를 몇 개 정도 견학했다. 다행히 어디에서든 그렇게 해준다고 한다. 당초의 불안은 상당히 사라졌지만 그래도 딱 맞는 곳은 좀처럼 찾지 못했다. 평범하게 유통하는 게 효과가 있을까, 이런 위화감을 지울 수 없었기 때문이다.

그러던 어느 날, 지인이 '유한회사 발송기획'이라는 가족경영에 가까운 창고회사를 소개해주었다. 지유가오카까지 와주신 발송기획의 키노시타 리츠 사장님을 와타나베와 함께 근처 찻집에서 만났다.

키노시타 사장님은 〈우주소년 아톰〉의 오차노미즈 박사처럼 생긴 말수 적은 아저씨였다. 이쪽에서 부탁하고 싶은 여러 가지 내용을 설명할 때도 키노시타 사장님은 거의 말이 없었다. 가끔 미소로 답하는 정도였다. 안경 너머에서는 한결같이 온화한 분위기가 흐르고 있었다. 얼추 조건을 확인한 후에 내가 '걱정되는 것은' 운운하며 발언했을 때였다.

"걱정되는 것은……. 직접 서점에 보내는 것이기 때문에, 예를 들어 신간이 나왔을 때의 작업은 힘들 것이라 생각합니다. 거기다 당연하게도, 굉장히 잘 팔리는 책이 나오기라도 하면 갑자기 작업이 폭증하는 일이 있을지도 모르고요. 그럴 때 귀사의 규모에서 감당하실 수 있겠습니까?"

순간, 키노시타 사장님의 눈이 반짝하고 빛났다. 그리고 계속 상냥한 표정으로 미소 짓던 사장님이 드디어 입을 열었다.

"저는 이 회사를 30년째 운영하고 있습니다만, 한 번도 고객께 폐를 끼친 적이 없습니다."

머, 멋지다……. 무의식적으로 몸을 떨고 말았다. '따라가겠습니다!' 이렇게 외치고 싶을 정도로 감동을 받아서 "고맙습니다. 잘 부탁드립니다"라고 즉답했다.

사실 이때 사장님의 말씀에 거짓은 일절 없었다. 스스로 영업을 시작하고 나서 4년 동안 단 한 번의 실수도 없었을뿐더러, 이쪽의 무리하고 어려운 문제에도 언제나 태연하게 대응해주고 있다. 이 창고회사가 없으면 미시마차는 절대 매일 주행할 수 없을 것이다.

* * *

연료보급지가 될 창고도 정했으니 나머지는 도로의 확보, 즉 서점과 거래를 트는 데 전념할 뿐이었다. 한 권의 책을 독자에게 나르는 무엇보다 중요한 역할을 할 도로. 그러나 이 도로는 간선 도로라서, 작은 도로라서, 어느 길을 가려고 해도 '통행증'이 있어야만 지나갈 수 있다. 그런데 앞에서 이야기했듯이 일본에서는 어떤 도로든 차로 가득 차서 넘친다. 당연한 일이지만 무시당하는 일도 있었다.

"직거래?"

"도매를 통하세요."

직거래와 관련하여 입을 열자 이런 말을 들었다. 그 말에는 "어이, 이봐. 일부러 한 회사를 위해 통행증을 새로 발급해줄 수는 없어"라는 압박이 스며 있었다.

"거기다 처음에만 직거래하다가 실적이 나오면 금방 도매로 바꾸는 일도 많고 말이야"라는 말을 듣기도 했다. 모처럼 '통행증'을 내어줬더니 헛수고가 되는 일도 드물지 않을 것이다.

"무리인 것을 무릅쓰고 말씀 드립니다. 부담을 끼치게 되어 면목 없습니다만, 앞으로 작은 출판사가 해나갈 방식을 확립하기 위해서라도, 신념을 가지고 계속 직거래를 하고 싶습니다."

한 걸음이라도 물러설 수는 없었다. 여기에서 '기존의 흐름'을 되풀이한다면 본전도 못 찾는다. 출판계는 영원히 이대로다!

그때 나는 누구에게 부탁받지도 않았으면서 멋대로 출판의 미래를 한 몸에 짊어지고 있었다.

"부디, 부디 잘 부탁드립니다."

머리를 숙이며 이름난 서점의 본사를 돌았다. '통행증'을 받기 전까지는 절대로 돌아가지 않는다. 머릿속에는 이런 일념뿐이었다.

이쪽의 생각이 통했는지, 처음에는 떨떠름해하던 담당자도 마침내 "알겠습니다"라고 말해주는 일이 많아졌다. 더군다나 처음부터 쌍수를 들고 환영해준데다 "개인적으로는 이런 출판사가 나와 주는게 무척 기뻐요. 응원하고 싶습니다. 회사는 이런 것을 꺼리는 경향이 있습니다만, 어쨌든 열심히 하겠습니다"라고 말하며 우리의 마음가짐에 공감해주는 현장의 서점 직원도 다수 있었다. 이런 한 사람 한 사람의 응원이 쌓여서 그 뒤, '직'거래를 하는 곳이 하나둘 늘어나게 되었다.

어찌됐든 그 시점에서는 스스로 영업을 하게 될 한 권이 발간되는 2007년 6월 초순이 될 때까지 앞으로 수개월을 헤쳐 나가야 했다. 동시에 이 수개월은 계속해서 자금이 간당간당한 시기임을 의미했다.

* * *

'통행증'을 부탁하는 도보여행은 이윽고 관서지방에 다다랐다. 2007년 4월 말, 와나타베와 함께 관서지방으로 향했다. 코디네이터는 우는 애도 그치게 하는 편집집단 140B의 사장 나카시마 아츠시 씨였다.

140B는 우치다 선생님, 히라카와 카츠미 씨(1950~ . 일본의 사업가이자 작가로 우치다 타츠루와는 막역한 친구 사이다—옮긴이)를 영입하고,

『도시 공간의 대반론』등으로 잘 알려진 코우 히로키 씨가 '총감독'을 맡은 초개성파 편집 프로덕션이다(현재는 발행소로 활동 중). 덧붙여 이 140B의 멤버는 각각《Meets Regional》과《L 매거진》의 편집장을 역임한 코우 씨와 나카시마 씨 같은 '대단한 사람들'뿐이다. 나 같은 것은 그 앞에 선 순간 주눅이 들어버린다. 뭐라고 할까, 야쿠자도 무색하게 할 박력이 그곳에 가득했다. 그런 140B파의 두목이자 사장인 나카시마 씨가 직접 관서지방의 서점을 소개해준다 하셨다.

나와 와타나베는 가는 곳마다 나카시마 씨의 등 뒤에 숨듯이 서서 굽실굽실 머리를 숙일 뿐이었다. 나카시마 씨는 그런 우리들을 뒷전으로 하고 서점 직원에게 "정말 그렇네요"라고 말하며 계속 웃고 있었다. 그런데도 "첫 번째 탄은 우치다 타츠루 선생님으로 하죠", "이거 하나 부탁할게요"라며 차차 이야기를 정리했다. 그때까지 서점과 교섭하면서 몹시 고생했던 나와 와타나베는 옆에서 '귀신같은 솜씨'를 보는 기분이었다.

그날 밤, "꼭 소개하고 싶은 사람이 있어요"라며 나카시마 씨가 데려가주신 곳은 우메다에 있는 한 술집이었다. 그곳에 키노쿠니야 서점 혼마치 지점의 도도 노리타카 씨(현재는 우메다 본점에서 근무한다)가 있었다. 여기저기에서 이름을 들은 적은 있지만, 직접 만난 것은 이때가 처음이었다. 산뜻한 미소와 함께 반드시 어깨를 들썩이며 웃는 도도 씨는 언뜻 보기에도 멋진 서점 직원이었다.

가서 놀랐지만, 도도 씨는 이미 대여섯 명의 키노쿠니야 서점 직원을 불러놓은 상태였다.

"앞으로 키노쿠니야 서점을 책임질 멤버입니다."

멤버를 소개시켜주는 도도 씨의 미소가 무척 눈부셨다.

어째서인지 우리들은 그들을 '근성 군단'이라고 불렀다.

"딴 집에서는 따로 근성 군단이라고 부르는 모양이에요"라고 도도 씨에게 들어서인지 내가 이 멤버들에게서 느낀 것은 오로지 '근성'이었다. 그래서 몇 번인가 "그러니까 그거 틀렸다니까"라며 추궁하다가도 "근성 군단 여러분"이라는 말을 계속했던 것이다.

자리가 무르익었을 때, 갑자기 도도 씨가 근성 군단을 향해 입을 열었다. 사람들이 한 번에 조용해졌다.

"모두들, 미시마 군은 말하지 않았어도, 아마 지금 진짜 돈이 없을 거라고. 회사를 만들었으니 꽤 힘들 거야. 그래도 와타나베 군을 데리고 비싼 교통비를 내면서 오사카까지 온 거란 말이야. 알겠어, 이 의미를? 모두들, 꼭 잘 팔아야 해.『도시 공간의 중국론』, 꼭 잘 팔아야 해."

"네!"

그 자리에 있던 멤버 모두가 "미시마샤 책, 잘 팔게요"라고 밝게 말해주었다. 눈물이 나올 지경이었다. 아니, 이미 나왔을지도.

눈시울이 뜨거워지는 것을 억누르면서 그때 마음속으로 굳게 맹세했다. 절대로, 꼭, 좋은 책을 만들자. 그리고 응원하길 잘

했다고 생각할 만한 출판사를 만들자.

근성 군단과의 뜨거운 밤은 지금도, 그 밤의 온도 그대로 내 마음속에 남아 있다.

* * *

2007년 6월. 미시마샤는 마침내 스타트를 끊었다. 근성 군단의 선언처럼 『도시 공간의 중국론』은 팔리고 또 팔렸다. 전국의 서점에서 베스트셀러 순위에 올랐다. 우치다 선생님이 책에 담아주신 '재미'와 '생각', 그것을 서점이 받아들여 독자에게 곧바로 전해주었다. '만들다·보내다·닿다', 이 일련의 흐름이 중간에 끊어지는 일 없이 최단코스로 연결된 순간이었다.

그로부터 현재에 이르기까지 30권 정도를 출간했지만, 실제로 서점에 가서 우리 책을 찾아볼 때마다 느끼게 된다.

'여기에 미시마샤의 책이 있는 것은 이 서점에 틀림없이 사람이 있어서야. 귀찮은 작업도 마다하지 않고 한 권의 책을 이해한 다음 그것을 판매대에 진열하기로 결심한 서점 직원이라는 한 사람이 거기에 있어. 그 한 사람의 존재가 미시마샤와 독자를 연결해주는 거야.'

그리고 사람이 있다는 것은 거기에 반드시 '손수 파는' 의지가 깃들어 있다는 것이다. 결코 효율적이지 않을지도 모른다. 그래도 얼굴이 보이는 한 사람에게 한 권의 책을 확실히 전한다. 그렇게 함으로써 보통은 맛볼 수 없는 '기쁨'이 생겨난다. 독자에게도, 서점에게도, 만드는 사람에게도, 관련된 모든 사람들 사이에. 그러니까 이 일련의 흐름이 이어진 순간, 독자와 서점, 만드는 사람 사이에서 어떤 암호를 공유하는 것 같은 느낌이다.

　"손수 판매합니다만, 무슨 문제 있나요?"

06

도구점팀이라니
대체 뭐야?

도시의 공기를 가득 들이마시고서

『거의 일간 이토이 신문』「담당 편집자는 알고 있다」

2007.8.3

이 책의 매력 중 하나는 흘러넘치는 '도시' 감각에 있다고
생각합니다.
내용이 '도시'의 감각인 것은 읽어보시면
"진짜네!" 하며 수긍할 거라 생각합니다.
이렇게 말하는 것도 애초에 이 책은
'도시 공간의 보통 사람들이라면 알고 있을 것 같은 것'에 기반하여 '중국은 어
째서 이렇게 되었을까?'에 대해
추론한 내용이기 때문입니다.
그러나 이 책이 '도시 공간'인 것은 내용만 그래서가 아닙니다.
'파는 방식'도 도시적입니다.
예를 들어 우치다 선생님의 손으로 쓴 색지 복사본.
이게 정말 근사합니다.

"오오, 이거 놀라운걸."
이렇게 쓰셨거든요!
이보다 독자의 상상력을 북돋고 동시에 독자의 이해력에
'신뢰'를 가진 말도 없지 않나요.
'이건 유쾌해', '읽으면 행복해', '읽어요'

'재밌어', '사실은 반만 썼음' 등등도 써주십니다.

이것이야말로 도시 공간의 사람·우치다 선생님의

굉장한 센스.

덧붙여 완전히 자극 받은 저희 회사의 영업&도구점 멤버는

이런 서점용 판넬을 만들고 말았습니다.

'도시에 있는 모두가 절찬'이라고 강조하며

손글씨로 '눈에서 콩깍지가 떨어졌습니다'라고

말풍선을 붙였죠.

중국인 독자에게서는 "하오(좋아요)!" 소리를 듣기도 하고요.

이처럼 '도시' 감각에서 쓰인 이 책은 판매 방법도 도시적이네요.

(물론 저희 회사에서는 이 책에 그치지 않고 앞으로도

작은 출판사니까 시도할 수 있는 판매 방식을

연구하려 합니다.)

단 세 명+⊠인 출판사라도 베스트셀러를 만들 수 있습니다.

부디 '도시'의 호흡을 느껴주신다면 기쁘겠습니다.

머리를 말랑말랑하게 해서 세계를 느끼는 안테나를 펼친다.

'도시 공간'의 공기를 크게 들이 마신다.

그렇게 하면,

분명 지금까지와 다른 세계가 기다리고 있을 겁니다.

"숫자를 신경 써서는 안 돼요"라고 내가 말한다. "네, 네"라고 대답하는 기무라. 기무라 모모코가 입사한 뒤, 자력으로 영업을 시작하고 얼마 안 되어 회의에서 한 말이다.

"도구점팀의 미션은 홍보 도구를 만드는 것. 말할 것도 없이 회사와 관련된 숫자 같은 건 일절 신경 쓰지 말고 일해주세요."

"알겠습니다!" 기무라의 눈이 반짝반짝 빛났다.

기무라가 입사하기 직전, "팀명은 어떻게 할까요?"라며 그녀와 이야기하고 있었다. '영업팀'의 리더는 와타나베. 나는 '편집팀'의 리더. 미시마샤에서는 '모두 팀 소속'이자 '모두가 리더'라는 것을 원칙으로 하여 회사를 운영하기로 했다. 이것은 원점 회귀의 기본 중의 기본, '만들다'에서 '보내다'까지를 일직선으로 잇기 위해 대체할 수 없는 조직형태라 생각했다.

"이거 말이야, 그 녀석 부서 일이니까."

이런 발언이 우리 회사에서는 절대로 나오게 하고 싶지 않았다. 나는 그런 무책임주의는 철저하게 배척하는 타입이다.

일을 축구로 바꿔서 생각해보면 명확해질 것이다. 일단 필드에 서면 포지션 같은 것은 상관없다. 미드필더가 빼앗긴 공이라해도 공격수와 수비수가 가만히 보고만 있어서는 안 된다. "아니, 그 녀석이 빼앗겼단 말이에요"라고 말했다가는 최종적으로 그 선수는 두 번 다시 시합에 출전할 수 없을 것이다. 회사도 마찬가지다.

여기서 일부러 비틀어서 말해보고 싶다. '출판 활동은 전신 운동이다'라는 식으로. 인간의 신체는 머리, 상반신, 팔, 허리, 하반신, 발 같은 부분으로 나뉘어 독립적으로 존재하지 않는다. 모든 게 이어져서 하나의 신체를 이룬다.

평소 생각하던 것이지만 최근 그것을 몸소 실감했다. 작년 가을의 일이다. 왼쪽 아킬레스건이 심하게 아팠다. 얼마나 아팠던지 밤에도 잠들지 못할 정도였다. 침대 위에서 괴로움에 몸부림치다, 아침에 일어나 침대에서 현관까지 가는 데만 몇 시간이 걸릴 정도로 허둥지둥하며 간신히 병원에 갔다. 정형외과에 가서 진료를 받으니 '왼쪽 아킬레스건 염증'이었다.

"환부를 차갑게 해서 안정시키는 수밖에 없어요. 뭐, 스테로이드 주사를 맞으면 한 방에 아픔이 사라지지만요."

하지만 주사를 맞으면 환부에 심각한 부담이 가해졌을 때 매우 '끊어지기 쉽다'고 한다. 그건 곤란하다. 그래서 찜질을 하며 오로지 안정을 취하기로 했다. 아킬레스건을 움직이지 못하는 생활을 한 지 4개월. 하지만 통증은 여전해서 일하는 데에도 크게 지장이 있었다. 이렇게 곤란한 나날을 보내고 있으니 보다 못한 어떤 분이 '정체整體(지압이나 안마 등으로 몸의 상태를 좋게 만드는 것─옮긴이)' 진료소를 소개해주었다. 그래서 즉시 가봤더니,

"아아, 오른쪽 발목이군요. 그쪽 관절이 나빠서 왼쪽 아킬레스건에 통증이 온 거예요."

이런 말을 하면서 오른쪽 발목 관절을 움푹 들어가게 했다. 그러자 희한하게도 통증이 사라졌다! 이후 왼쪽 아킬레스건이

아픈 적은 한 번도 없었다. 똑바로 서는 것도 견디지 못했던 게 거짓말 같다……. 지난 4개월간 안정하며 보냈던 생활은 도대체 무엇이었단 말인가.

이 경험을 통해 신체가 이어져 있다는 '당연한' 사실을 체감했다. 왼쪽 아킬레스건과 오른쪽 발목이 각각의 부품처럼 독립적으로 존재하는 것이 아니고, 또 통증이 있을 때 그 부위만 문제가 있는 것이 아니라는 사실을 이렇게 몸으로 배웠다.

이와 같이 '만들다·보내다·닿다'라는 출판활동도 일종의 신체운동으로 바꿀 수 있다. 모두가 팀에 소속되어 전원이 리더라는 자각이 없으면 각자 따로 놀 수밖에 없다. 이러면 무언가가 잘 안 될 때, 진정한 원인마저 찾지 못한다.

이런 의식을 바탕으로 '새로운 팀명'을 생각할 필요가 있었다. '만들다·보내다' 다음에 오는 '닿다'를 주로 담당하는 팀. 그 팀의 리더는 펀치사토 이후 명언을 남기며 입사한 기무라였다. 그렇게 생각하자 답을 찾는 데 그다지 오랜 시간이 걸리지 않았다.

"도구……. 그래, 도구점이야!"

"에, 에에?" 과연 펀치, 가 아니라 기무라도 놀란 듯했지만 금방 반문했다.

"도구점이라니, 뭐하는 부서예요?"

"아무래도 홍보 도구를 만드는 곳이겠지." 내가 답하자, "하하하, 그거 나한테 딱이네"라며 손뼉을 치면서 기뻐하는 기무라였다. 이렇게 해서 (아마) 세계 최초의 부서(로 있을 터인) 도구점

팀이 탄생했다.

서두로 돌아가면 이 도구점팀은 '숫자를 신경 쓰지 않는' 것이 임무 가운데 하나다.

'숫자'를 올리기 위해 도구를 만들지 않는다.

'숫자'를 신경 쓰지 않아야 한다.

그 의도는 실로 명확하다.

회사를 경영하다 보면 좋을 때도 있고 당연히 나쁠 때도 있다. 그렇다고 해서 상황이 나쁠 때 모두가 다같이 우울한 얼굴로 "하아, 하아아……" 하고 지옥 밑바닥에서 흘러나오는 것 같은 한숨을 내쉬면 팀의 사기는 떨어진다. 그런 때야말로 '기운'이 필요하다. 기운은 건강할 때보다도 건강하지 않을 때 필요할 것이다.

그리고 그 기운은 '숫자나 결과에 사로잡혀 있지 않은 곳'에서 생겨난다고 나는 생각한다. 말하자면 '놀이'의 한 부분이다.

자신의 몸을 생각해보면 알 것이다. 일을 하는데 성과가 나오지 않아서 기운이 나지 않는다. 일이 재미가 없어서 기운이 나지 않는다. 그렇다고 힘내서 성과를 내자고 하거나 무리해서 재미를 추구한다 해도, 헛수고를 하게 되거나 반대로 좋지 않은 상태가 더 커지기 십상이다. 오히려 그런 때는 낮잠을 잔다. 아니면 달려서 땀을 낸다. 강변에서 멍하니 있으면서 머리를 텅비게 한다. 그러면 거짓말처럼 힘이 솟아나서……. 이런 식이 된다(적어도 나는). 회사도 생물인 이상 동일하다고 생각한다.

그러지 않아도 회사는 내버려두면 숫자투성이가 되기 쉽다.

그것은 회사를 세우고 나서 스스로 통감한 것이기도 하다. 회사라는 생물을 움직이는 데 있어 분명 돈은 중요한 요소이기는 하다. 그렇기 때문에 미리 그것과 상관없는 존재를 만들어 둘 필요가 있다고 생각했다. 그것도 '만들다·보내다·닿다'라는 전신활동의 중추, 경제활동의 중심에 말이다. 있을 법한 일이지만, 연구부라든가 경영지원팀 같이 메인 활동 바깥에 두어서는 의미가 없다(왜냐하면 그런 부서는 본업과 상관없는 사람으로만 운영되기 때문에 본업에서 힘을 잃은 사람들의 '놀이'가 되지 않기 때문이다).

이러한 방침의 근원이 된 기무라는 도구점팀으로써 '원점회귀'하는 출판활동에 어울리는 일들을 잇달아 해주었다. 그중 하나가 손으로 쓴 '미시마샤 통신'이다. 친하게 지내는 서점에 '미시마샤 통신'을 비치해두었더니, "금방 없어져버렸어요! 하나 더 부탁드려도 될까요?" 이런 전화가 왔다. 책을 추가로 주문하는 게 아니라 무가지인 '미시마샤 통신'을 추가로 주문한 것이다. 그 후 '근처 서점에는 비치되지 않았습니다,' '책을 사면 가질 수 있게 해주세요' 이런 독자의견을 반영해서 4호부터는 미시마샤 신간에 '최신호'를 넣는 식으로 하고 있다.

하나 더, 미시마샤의 얼굴이 될만한 것이 2007년 가을쯤 탄생했다. 바로 손으로 쓴 엽서다. 책에 끼워져 있는 '독자 엽서'를 손으로 쓴 것이다. 기무라가 손으로 쓴 꿈틀꿈틀한 문자가 온기를 가지고 독자에게 전해져, 생각지 못하게 독자 엽서를 써주시는 분이 적지 않았다. 실제로 "여태까지 독자 엽서를 써본 적이 없었지만, 손글씨를 보니 써야겠다는 생각이 들어서 처음으로 쓰게 됐습니다"라는 내용이 담긴 엽서도 상당한 빈도로 도착한다.

게다가 이 도구점은 독자 엽서에 전부 답장을 쓴다. 그렇게 하게 된 데에는 기무라가 어릴 때 맛본 조금 슬픈 추억이 있다.

"제가 어릴 때 말이죠, 자주 독자 엽서를 써서 보냈지만 한 번도 출판사에서 답신을 받은 적이 없어요."

"답장 보내주는 출판사가 있으면 좋을 텐데, 항상 이렇게 생각했죠."

그 생각을 미시마샤에서 실현한 것이다.

최근 들어서는 기무라만이 아니라 모든 멤버가 '답신용 미시마샤 통신'에 한마디 덧붙여서 답장하고 있다. 독자·서점 직원·저자·출판사, 이 넷이 일직선으로 이어지는 순간이다. 이 '연결'을 느끼게 되었을 때, 언제나 꼬마전구가 팟하고 켜진 것처럼 기분이 따스해진다.

초등학생 시절, 과학 시간에 꼬마전구를 켜는 실험을 했다. 별일은 아니다. 건전지의 양극을 연결한 전선을 도중에 잘라버리고 거기에 얇은 알루미늄판 버튼을 댄다. 그것을 누르면 알루미늄판을 통해 끊어져 있던 전류가 흐른다. 반대로 버튼을 누르지 않을 때에는 전기의 흐름이 도중에 끊긴다. 하지만 알루미늄판을 가볍게 누르면 전류가 흐른다. 겁을 내면서도 그것을 누르면 꼬마전구는 팟하고 빛을 발한다.

독자 엽서를 받았을 때, 그리고 (무척 늦기 쉽지만) 답신을 할 때마다 그 시절처럼 꼬마전구에 불이 들어온 것 같은 기분이 든다. 발광다이오드LED처럼 빛나지는 않을지 모르지만, 나에게는 그것보다 꼬마전구가 더 밝고 따뜻하게 빛난다.

한 권의 책, 한 통의 엽서를 매개로 그 작고 작은 빛이 전국 여기저기에서 켜진다. 아무리 뛰어난 전자기기나 인터넷 툴이 있다 해도 얻을 수 없을 그런 빛이다. 그 빛은 반드시 눈에 보이지 않을 수도 있지만, 꼬마전구의 빛이 다발이 되어 모이면 세계를 따뜻하게 되비추기에 걸맞은 에너지를 갖게 된다.

이처럼 한데 모인 꼬마전구 같은 등불은 우리들로 하여금 매일 살아가게 하는 에너지가 되었다.

http://www.mishimasha.com

〒152-0055

1-4-10 quaranta1966 4-03

Tel: 03-3724-5616

(주)미시마샤

12화

시작해봅시다 vol.1

이 좌우 양페이지를 복사해서 넷으로 접으면 '미시마샤 통신'이 완성됩니다!
(무가지인데 어째서인지 '12쇄', 웃음)

구입해주셔서 정말로 감사합니다.
감상과 의견을 들려주세요.

① 이 책의 제목

② 이 책을 구매하신 서점

③ 이 책을 알게 된 계기

④ 감상을 적어 주세요

★독자님의 의견은 신문, 잡지 광고, 홈페이지에 익명으로 게재됩니다.
양해해주시기 바랍니다.

⑤ 미시마샤에 하고 싶은 말

07

미시마샤의
괴짜들이
일하는 법

결산이란 게 뭐지??

드디어 저희 회사도 1년을 마쳤습니다.

그래서 첫 결산을 맞았네요.

……

그런데, 여기 커다란 문제가 있습니다.

결산이란 게 뭐지???

이런 말을 하는 건 상장회사라면 용서받지 못하겠죠.

경영자가 결산도 모르는 회사.

"이런 회사 위험한데."

이렇게 시장이 결단을 내린다면 주가 폭락 같은 일이 벌어지겠죠?

다행히 우리 같은 작은 회사에는 상관없는 이야기이므로 살았습니다.

그렇다고 해서 '살았다'며 마냥 기뻐하지는 않습니다.

회사인 이상 동일한 규칙이 적용되는 경기장에 있는 것이니까요.

애초에 회사를 시작했을 때,

회사에 '결산'이 있다는 것도 몰랐습니다(정말로요).

그걸 생각하면 조금은 진화했다고 말할 수 있겠지만(그런 거야??)

아직까지도 결산의 진짜 의미는 잘 모르겠습니다.

이제부터 도대체 무슨 일이 일어나는 걸까?

아무 일도 안 일어나나.

그것도 아니면 상상도 못할 일이……. (뭐?)

> 그렇다기보다 도대체 뭘 '하는' 거야??
> 뭘 해야 하는 거야???
>
> 어쨌든 한 손에 계산기를 들어봤습니다.
> 거참.
>
> 계산기를 들긴 했지만 뭘 어떻게 계산해야 할지.
> 후우.
> (이런 회사에서 일해주시는 사원 여러분,
> 입사해주셔서 정말 감사합니다)

미시마샤는 '작은 출판사'라고 생각한다. 타이타닉 같은 큰 배를 목표로 할 생각은 없다. 창업할 때부터 계속 이렇게 생각해왔다.

가능한 한 사람은 늘리지 않는다. 사람을 늘리면 인건비만 늘어날 뿐, 그것이 족쇄가 되어 실패한 출판사도 몇 곳 있다. 정확한 사정은 알지 못하지만 아마 틀림없다. 그런 전철을 밟아서는 안 된다고 처음부터 생각하는 것은 자연스러운 일이었다.

그런데 정신을 차려보니 한 사람 그리고 또 한 사람씩 사원이 늘어나고 있었다.

나도 모르는 사이에 무슨 일이 일어나는 거야!

아니, 아니다. 채용한 건 나였으므로 100퍼센트 내 책임이다. 그렇다면 불찰도 뭣도 아닐 것이다. 그렇게 생각하는 게 옳다. 여하튼 사업계획도 없는 회사이니, 모든 것은 무심코 채용해버린 결과라 할 수 있다. 무심코 함께 일하고 싶다고 생각해버린 그 결과⋯⋯.

* * *

오오코시 유타카. 글쓰기 솜씨는 자타가 인정하는 일급 사원이다. 우치다 타츠루 선생님도, 대형 출판사 K사의 K씨도, 항상 "오오코시군(의 문장)은 뛰어나"라고 말한다. 고마운 이야기다. 이렇듯 관계자들에게서 막강한 칭찬을 듣는 오오코시지만, 그의 일솜씨는 정말 '도저히 따라갈 수' 없다.

예를 하나 들어보자. 그가 입사한 것은 마침 미시마샤가 창입한 지 1년이 막 지난 2007년 9월이었고, 그때까지 나는 아직 그와 많은 시간을 보내지는 않았다. 그래서 우치다 선생님이 오오코시를 칭찬하셨을 때, 나는 단순하게 그가 분명 '상당한 수완가'일 것이라고 생각했다. 그리고 그 예상은 분명 틀리지는 않았다.

내가 보기에 오오코시는 인터넷 폐인이다. 아마 일이 없으면 하루 종일 인터넷만 하고 있어도 물리지 않을 타입일 것이다. 그 점에서는 나와 정반대다(내 경우 자랑은 아니지만, 두 시간 이상 컴퓨터 앞에 앉아 있으면 심신에 이상이 생긴다).

그렇게 인터넷을 너무 좋아하는 오오코시 군. 이날도 회사에 오자마자 매일 아침에 하는 미팅도 뒷전으로 한 채, 믹시mixi(페이스북과 비슷한 일본의 SNS—옮긴이)에 몰두하고 있었다. "저번 달에 나온『아마추어론』판매 방식 말입니다만," 내가 말하고 있는데 옆에서 뭐가 재밌는지 가끔 킥킥 거리며 웃고 있다. 주변 사람은 그가 왜 웃는지 도저히 알 수가 없다. 그에게 모든 일은 믹시 안에서 벌어진다. 소셜네트워크라는 '회사' 안에서 벌어지는 이야기는 아무리 오오코시로부터 1미터 안쪽에 있는 주변 사람일지라도 알 수 없다.

사건이 일어난 것은 그날 저녁. 오오코시는 미간을 찌푸리며 열심히 컴퓨터 키를 누르고 있었다. 뭐랄까, 그것은 어떤 의미에서 언제나 보는 광경이었다.

따르릉. 갑자기 전화벨이 울려 정적을 깼다. 손을 뻗어 전화를 받으려는 나. 그러나 내 손이 수화기에 도달하기 전에 전화벨은 끊겼다.

(오, 오, 오오코시 씨!)

거의 조건반사적으로 수화기를 손에 든 오오코시는 지체 없이 이렇게 말했다.

"네, 믹시입니다."

뭐, 뭐어어어어어어어어어어어어어어어어어.

과장이 아니다. 그때 사무실에 있던 멤버 전원이 턱이 빠질 정도로 경악했다. 하지만 오오코시는 그런 주변의 반응 따위는 조금도 신경 쓰지 않았다. 그 증거로 그 뒤 특별히 사과도 하지 않고, "아, 틀렸다. 미시마샤입니다"라고 고쳐 말한 것을 들 수 있다. 그렇다. 마치 아무 일도 없었던 것처럼.

그 전화는 미시마샤에 책을 주문하려고 서점에서 건 전화였다. 용건이 끝나자 오오코시는 평소대로 수화기를 내려놓았다. 그러고 나서 우리들에게 뭐라 더 말하지 않고 아무 일도 없었던 것처럼 컴퓨터를 쳐다보았다. 아마도 다시 믹시를 하는 것이다. 그는 조용히 우리들이 모르는 '회사'로 돌아가고 있었다.

그로부터 한 달 뒤.

따르릉. 언제나처럼 전화가 울렸다. 이번에도 내가 받는 것보다 먼저 오오코시가 수화기를 손에 들었다. 그리고 또다시 지체 없이 오오코시는 이렇게 말했다.

"네, 무사시코스기입니다."

······ (말문이 막힘).

좋아, 일단 백번 양보하기로 하자. 믹시라면 미시마샤의 '미'는 맞았다(물론 그런 게 맞았다고 해봤자 아무 의미도 없다). 하지만 이번은 '무사시코스기'다! 하필 '무·사·시·코·스·기'다. 그 머리글자는 '마', '미' 다음에 오는 '무'다! 마 행에서 미보다 한 단 아래다. 어째서 내릴 필요가 있는 걸까, 적어도 '마'로 올려 달라고! ······아니, 그건 그거대로 이상할까.

어찌되었든 주변 사람들은 한결같이 어안이 벙벙해졌다. 멍청하니 벌린 입을 한동안 닫을 수 없었다. 입을 닫으려 했지만 당연하게도 연타를 맞았다.

"아, 틀렸다. 미시마샤입니다."

추측컨대 전화를 건 상대방도 놀랐을 것이다. 출판사에 전화를 했는데 현재 번창하는 IT회사에 연결되기도 하고 가와사키시에 있는 동네 이름을 듣기도 하니 말이다. 매우 실례가 많았습니다. 이 자리를 빌려 사과드리고 싶습니다.

더불어 당시 오오코시는 무사시코스기로 이사한 직후였고, 그날은 무사시코스기 구청 홈페이지에서 전입신고에 대해 무언가 찾아보고 있었다는 것이 나중에 밝혀졌다.

"한동안 사람은 채용하지 않을 거야."

2007년 12월, 점점 크리스마스에 가까워지던 때, 나는 멤버들을 향해 이렇게 선언했다.

"내년은 무슨 일이 있어도 사람을 더 채용하지 않아."

실제로 미시마샤에 들어오고 싶다고 문의하는 사람들이 드문드문 나타나고 있었다.

그렇게 선언하고 나서 며칠도 되지 않은 어느 날. 갑자기 오사카에서 한 청년이 오게 되었다. "야마다 즈니 씨의 〈어른의 진로교실〉을 듣고 팬이 되었어요. 정말 들어가고 싶다고 생각한 회사여서 인사드리기로 했습니다"라는 메일이 도착한 직후의 일이었다.

물론 메일을 받고 곧바로 "당분간 채용 계획이 없습니다. 죄송합니다"라고 거절했다. 그런데 이 청년, 대개는 물러날 텐데

약해지지 않고 들러붙었다.

"아니요, 아니요. 편집이 아니라 영업에서든 어디에서든 하겠습니다!"(아니, 그게 아니라 채용 자체를 하지 않는다니까).

'도대체 뭐야'라고 생각하면서도 이 메일을 주고받은 시점에서 '꽤 장래성 있어 보이는 청년이네'라고 느끼고 있었다. 분명히 확실하게 사양했는데도 이런 끈기라니. 응, 나쁘지 않아, 이렇게 생각했다. 그 때문에 무심코 "도쿄에 올 일이 있어서 만나는 건 괜찮아요"라고 말해버렸다. 그렇게 말해버리자마자 "금방 심야 버스를 타고 가겠습니다!"라고 답신이 왔다.

'이봐, 이봐. 그게 아니라' 이렇게 중얼거리고 있을 때에는 이미 늦었다. 다음, 다음 날 아침, 청년은 예고대로 심야 버스를 타고 왔다.

"굉장히 아침 일찍 우에노에 도착해서, 목욕탕에서 목욕을 하고 양복으로 갈아입고 지유기오키로 왔습니다."

묻지도 않았는데 잘도 말하는 남자였다.

"우와, 정말 대단하네요!"

"뭐가?"라고 말하는 나.

"아니, 그러니까 전부요. 이 거리에 보이는 게 전부 멋져요."

(전부 멋지다고.)

아직 사무실이 원룸이었던 때여서 1층에 있는 도너츠 플랜트라는 카페에서 만났다. 결과적으로 거기에서 2시간 이상이나 이야기를 하게 되었는데, 나중에 청년은 말했다.

"우와, 이야기를 너무 잘 들어주셔서 사실은 한가한 거 아닐까 하고 생각했어요."

    ……. 도대체 얼마나 넉살 좋은 녀석인 거냐.

    청년의 이름은 쿠보타 아츠시, 이후 와타나베와 함께 미시마
샤 영업팀을 이끌게 되는 남자였다.

    물론 나는 한가하지 않았다. 창업 2년차에 막 접어든 무렵이
었고 거기다 뜻하지 않게 사원이 나를 포함해서 4명으로 늘어,
고양이 손이라도 빌리고 싶을 만큼 바빴다. 그럼에도 불구하고
2시간 넘게 이야기를 해버렸다. 실수라면 실수였다. 아니, 확실
히 그의 이야기가 재미있기는 했다. 그래서 그만…….

    "고등학생 때 연예인을 하자고 생각해서요. 수업 중에 계속
웃기는 테이프를 듣거나 그쪽 공부를 했어요. 그래서 바로 연예
인이 되겠다고 생각했지만, 부모님이 대학은 꼭 가야 한다고 말
씀하셔서, 아슬아슬하게 합격한 곳에 일단 입학했지만 연예인
이 되겠다는 생각뿐이었어요. 그래서 NSC에 들어갔죠."

    "NSC가 뭐야?"

    "뉴 스타 크리에이션이라는 곳인데 요시모토에 있는 연예인
양성학교예요."

    "아하. 그래서 어떻게 됐어?"

    "아니, 그게요. 휘유"라며 무언가 말하기 전부터 손뼉을 치
면서 산마(아카시야 산마, 1955년 생으로 일본의 유명 개그맨—옮긴이) 뺨치게
크게 웃는다.

    "대체로 콤비를 짜는데, 저는 핀으로 가자고 생각해서."

    "핀?" 나는 이런 업계용어 같은 것은 잘 모른다.

"네. 혼자서 하자고 생각해서."

"흐음."

"무조건 나는 핀이야, 이렇게 생각했죠. 그래서 결국 친구도 하나 못 만들고."

"호오."

"재주도 전혀 없으니 핀으로 해서는 정말 아무것도 안 된다는 걸 알았죠. 그대로 3개월 만에 그만뒀어요."

"아이고……."

"그 이후 깜깜한 날들을 보냈죠. 당연히 대학에도 안 갔고 아무것도 하지 않고 매일 매일을 보냈어요. 그래서 대학은 도중에 중퇴하고 아르바이트를 하며 살았죠. 잠깐 친구들이랑 밴드를 하기도 하고."

"밴드?"

"네!" 무척 씩씩하다.

"어떤 밴드? 누군가를 따라한 거야?"

"아뇨, 그게, 전부 자작곡이었어요."

"지, 진짜?" 솔직히 조금 놀랐다. "대단하네."

"아뇨, 아뇨"라고 말하지만 아주 싫지는 않은 듯 겸손해하는 쿠보타였다.

그런 대화를 계속하다가, "모처럼 왔으니까 사무실 보러 갈래?"라고 쿠보타에게 권해서 4층으로 올라갔다. 문을 열자마자 쿠보타는 "우와. 대박 멋지네요. 우와 소리가 절로 나오네요"라며 처음으로 장난감을 본 아이처럼 무엇을 보든 굉장히 감탄했

다. 더 나아가서는,

"우와, 이게 뭐야. 대박 맛있어. 차도 역시 다르네요. 이거 우
지(교토 남부에 위치한 우지시는 차의 명산지다—옮긴이)차인가요?"라며 차
까지 격찬했다(본인이 나중에 말하길, "그런 맛있는 차, 진짜 처음 마셔봤어요.")

정말 뼛속부터 넉살 좋은 남자였다.

쿠보타가 돌아간 뒤 사무실에서는, "기운 넘치는 녀석이네
요"라고 말하는 오오코시와 "재밌는 사람이네요"라고 말하는
와타나베 등 모두 함께 즐거운 기색이었다. '사람 수가 적은 회
사에 자극을 주는 좋은 시간이었다', '앞으로도 저런 젊은 사람
들이 마음에 들어 할 활동을 하고 싶네'라고 말하는 분위기가
흐르던 찰나, 나는 멤버들을 향해 단언했다.

"그 사람, 채용하려고 해."

뭐? 정적이 흘렀다.

이 사람 도대체 뭐라는 거야. 며칠 전만 해도 당분간은 절대
사람 안 쓰겠다고 했으면서. 이해할 수 없다는 분위기가 사무실
에 퍼지는 것을 느끼고 와타나베가 물었다.

"채, 채용한다구요?"

"응."

"어, 어떻게요? 자금은?"

"음."

아픈 곳을 찔렸다. 그가 말한 대로 2년차가 되자마자 다시 자
금이 고갈되기 직전까지 갔던 것이다. 솔직히 누군가를 채용할
때가 아니었다. 하지만 '음' 하며 계속 신음소리를 내던 나는 어

떤 '전략'을 생각해냈다.

"내년에 나오는 책이 팔리면 어떻게든 돼."

그렇다. 그때 내 '전략'은 이랬다. 다음 책을 어떻게 해서든 판다. 그야말로 벼랑 끝 전법이다. 물론 세상 사람들은 이걸 전략도 전법도 아니라 하겠지만, 나에게는 어째서인지 확신이 있었다.

"좋아, 이걸로 가자!"

그래서 뚜껑을 열어보니 실제로 팔렸다. 2008년 2월에 출간된 『의욕! 공략본』(카나이 토시히로 지음)과 3월에 출간된 『수수께끼의 회사, 세계를 바꾸다』가 다행히도 잘 팔렸던 것이다.

훗.

그 두 권이 어느 정도 팔리지 않았더라면 쿠보타 군을 오사카로 돌려보내야 했을지도 모른다(정말로). 막판까지 버티고 버텨 역전 성공. 그 기분은 거구의 오노쿠니(오노쿠니 야스시, 전직 스모 선수로 씨름에서 천하장사와 비슷한 62대 요코즈나였다─옮긴이)를 작은 신체로 들어 올린 키리시마(키리시마 카즈히로, 전직 스모 선수─옮긴이)나 다름없었다(오래된 예를 들어서 죄송합니다).

* * *

"맹萌이라 쓰지만 '모에'라고 읽어서는 안 됩니다. 부모님께서는 무슨 생각을 하셨는지 맹이라 쓰고 '메이'로 읽게 하셨습니다.”

　최근 들어서는 ‘창조적으로 파괴하는 아가씨’라는 별명까지 얻은, 하고 싶은 대로 하는 하야시 메이, 사내 최연소자다. 2008년 10월에 일곱 번째 멤버로 입사한 이래 기무라와 함께 도구점 팀 일을 주로 하고 있다.

　이 하야시 메이의 파워는 무시무시하다. 『닥터 슬럼프』에 나오는 아라레가 쓴 거 같은 안경을 항상 쓰고 있다. 그래서 겉으로 보면 살짝 요즘 오타쿠 같은 용모여서 무슨 생각을 하는지 잘 알 수 없다. 얌전해 보이기는 한다. 하지만 갑자기 폭발, 아니 파열하는 것이다. 그것도 ‘거기가 아닐 텐데’ 하는 장면에서 파열한다. 예를 들어 어제만 해도.

　“우왓!”하고 큰 소리가 나서 보니 만화 속 등장인물처럼 바닥에 큰 대자로 뻗어 있다. 또 어느 날은 “왓!” 하고 외치더니 입구에서 머뭇머뭇거리고 있다. “왜 그래?”라고 묻자 “아, 아뇨”라고 말하며 어딘가 어색한 표정을 지었다. “왜, 무슨 일이야?”라고 다시 묻자 “자, 장지를”이라고 한마디 덧붙인다.

　“어, 찢었어?”

　“네, 네”라고 말하자마자 “고칠게요”라며 책상으로 얼른 돌아가 무언가를 손에 들고 다시 현관으로 향했다. 그러자 다시 “왓!”하는 소리가 난다.

　“무, 무슨 일이야?”

　“또……. 찢어졌어요.”

　“어, 어째서? 고치러 간 거잖아.”

"네, 고치러 가서 다시 찢어버렸어요."

틀림없이 창조적 파괴라 하겠다.

그러나 이런 허둥지둥은 항상 있는 일에 지나지 않는다. 하
야시가 정말로 폭발했던 것은 2009년 10월, 그녀가 입사하고
마침 1년이 지난 때였다. 후에 '흐느적 티 사건'이라고 불리게
되는 전설이다.

모처럼이니 하야시가 직접 그린 '흐느적 티 이야기'를 관람
해주세요.

하야시 메이의
흐느적 '티' 이야기

미시마샤가 3주년을 맞았다…!
3주년 기념 티셔츠를 제작하기까지의
전말을 프로젝트 담당, 도구점 하야시
의 일러스트로 보내드립니다.

↓ GO!

8월 말일, 아침 회의에서.
하야시 "그럼 3주년 티셔츠는 어떻게
됐나요?"
아무도 맡지 않는 것 같아
신경 쓰여서 물어봤더니
미시마 "그럼 해 봐."
그래서 담당이 되었다.

처음으로 맡게 된 프로젝트!
좋아. 미시마샤를 모르는 사람도 갖고
싶어 할 만한, 퀄리티 높은 티셔츠를 만
들어보자고!

9월 초순(티셔츠 완성 기한까지 앞으로
1개월)

인쇄회사에 스케줄 확인 후,
디자이너 마리노 씨에게 연락했다.
1주년 티셔츠와 완전히 다른 느낌의 그
림이라서 불타올랐다. 그러나

아뿔싸.

급하게 마리노 씨에게 연락했다. 어깨
부분을 다시 의뢰해서 디자인이 도착했
다. 따뜻한 느낌의 '3살(3주년을 의미)'
로고. 귀여워.

일러스트레이터(디자인용 소프트웨어)
를 사용하지 않아서 디자인 배치를 팩스
로 보냈다.

그러나 닥쳐오는 난제.

내부에서도 좀체 해결되지 않던 것이
'선의 굵기는 0.5밀리미터 이하'.

원인불명.
그리고 몇 번 왔다 갔다 한 후
나눈 우연한 대화…….

그랬습니다…….

그 뒤, 데이터를 고치고 어떻게든 입고 완료! 라고 생각했더니

인쇄회사 "어깨 부분 디자인, 크기가 이 대로면 문자가 찌그러져요."
하야시 "그러면 찌그러지지 않을 최소한의 크기로 줄여주세요."
마리노 씨 "라져."

해냈어!

다음 날.

긴급정지 받았다.

(상상)

다소 찌그러지긴 했지만 알아볼 수는 있고, 귀여워 보이니까 '작아'도 괜찮으니 재입고! 이번에야말로!

하야시 "여러모로 당황시켜서 미안해요. 무사입고했어요."
마리노 "다행이네요. 저도 재밌었어요."

1주일 뒤.

두둥

티셔츠의 두께가 틀렸다.
(완)

……이런저런 일을 겪으며 완성한 미시마샤 3주년 티셔츠!!
어느 순간부터 사내에서 '흐느적 티'라고 불리게 되었는데,

·원단이 이전 것보다도 상당히 얇아져서 흐느적 흐느적거리는 티셔츠라서.
·처음으로 담당한 프로젝트에서 내가 중심을 잡지 못하고 애송이처럼 흐느적대
서.

이런 이유입니다.
도구점 기무라는 '나는 얇은 쪽이 좋아'라며 티셔츠의 두께와 부드러운 감촉을
호평하기도 했습니다. 열심히 분투해서 나온 '어깨의 로고' 그리고 '얇은 원단'
등 실제 티셔츠를 꼭 봐주셨으면 합니다.
'밖에서 입는 건 좀 부끄러워…' 하시는 분은 상의 속에라도 살짝 입는다든지 집
에서 입는다든지 하면 어떠실지. 친구 중에 '미시마'라는 이름을 가진 분이 계신
다면 선물해도 기뻐하실 거라 생각합니다. 한 회사에 한 장, 한 집에 한 장, 여러
분 모두 함께◎

WEB매거진 미시마 매거진에서도 판매 중입니다!
→ http://www.mishimaga.com/

이제 누구도 그녀를 막을 수 없다.

* * *

나 스스로 다짐하기 위해 그리고 모두의 명예를 위해 덧붙이고 싶다. 이런 무법자들만 있는 회사이지만, 이상하게도 멤버 모두가 놀라울 정도로 무시무시한 활약을 펼친다. 아마 그들이 가진 어떤 힘이 튀어 나오는 것이라 생각한다.

오오코시는 쿠보타가 입사할 수 있게 해준 『수수께끼의 회사, 세계를 바꾸다』를 훌륭하게 구성해냈다. 또한 문장론의 백미라는 평을 받는 『쓰고 살아가는 프로 문장론』(우에사카 토오루)은 작가 오오코시의 혼을 담은 편집본이다.

쿠보타는 입사 직후부터 무서운 줄도 모르고 매일 같이 신규 서점을 늘려갔다. 어느 날 "여유롭습다"라는 발언까지 나왔다. 그걸 들은 와타나베의 안색이 갑자기 파래진 것을 지금도 잊지 않고 있다. 무엇보다 그 뒤, 일에 익숙해지자 벽에 부딪혀 일시적으로 슬럼프에 빠지기도 했지만 2011년 4월부터는 교토·조요 사무실의 책임자로 활약하고 있다.

하야시는 '무모한 중학생 남자아이의 리듬'으로 도구점 일에 새로운 지평을 열었다. 그뿐만 아니라 편집자로서도 활약의 장을 넓혀, 현지에 밀착한 책이자 미시마샤가 출간한 책 중에서도 특별한 의미가 있는 『지유가오카 3가, 하쿠산 쌀집의 다정한 쌀밥』(하쿠산 쌀집 어머니 지음)의 편집도 담당했다. 사자분신獅子奮迅

아니 사냥분신獅娘奮迅(사자분신은 사자가 세차게 돌진한다는 뜻인데, 하야시가 여성이므로 자 대신 낭을 넣었다—옮긴이)의 활약을 펼치고 있다.

그렇지만 이런 무법자 모양새는 고쳐질 것 같지 않다. 뭐, 그것도 어떤 의미에서 어쩔 수 없다. 무엇보다 우리 사무실부터 이 무법자들이 자유분방하게 날개를 펼치기에 안성맞춤인 공간이니까.

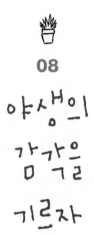

08

야생의
감각을
기르자

Born to be wild

2007.11.1

벌써 목요일이네요.
오래된 이야기라서 죄송합니다만 오늘은 3일 전으로 거슬러 올라가, 새로운 한 주가 시작된 월요일의 이야기를 해보겠습니다.

회사에 도착해서 언제나처럼 컴퓨터를 켜고 메일을 체크하기 위해 패스워드를 입력하고 클릭.
뿅.
……
불통.

인터넷이 안 된다. 아무래도 네트워크가 연결되지 않는 것 같다. 여기저기 만져봐도 고쳐지지 않는다.
내가 쓰는 방법이 문제인가 생각했지만 다른 컴퓨터도 마찬가지다. 이거 곤란해졌다. 미시마사가 네트워크 사회에서 차단되었다…….

메일 불통. 인터넷 접속불능.

그저 이것뿐인데도 어째서인지 불안.
다른 멤버도 평소와 달리 표정이 딱딱하다.
왜 이렇게 무력한 거지. 우리들.
그 와중에 평소와 다르지 않은 사람이 딱 한 명 있었으니.

"인터넷이 연결되지 않는다니 큰일이네요.
나는 전혀 상관없지만.(웃음)"

도구점의 기무라.

펜과 가위와 종이만 있으면 언제나, 어디서나 일을 할 수 있는 사람. 이날도 근간 『아프지 않기 위한 시간의학』의 POP를 만드는 것인지 POP 장인으로서 일을 하고 있었다.

(이런 POP를 이제 곧 보시게 됩니다!)
놀라워라.

다행히 2시간 지나자 인터넷도 연결되어 (아무래도 인터넷 모뎀 본체가 이상했던 모양) 원래 상태로 돌아왔다.
하지만 무턱대고 기뻐할 수는 없는 일.
이번 이틀간 겪은 인터넷 불능 사태로 인해 새롭게 업무 방식을 재검토하기로 했다.

그렇다, 원점회귀, 야생의 감각을 부르는 회사가 아닌가.
컴퓨터에 의지하는 것은 이제 그만. 최후에 웃는 것은 역시 '팔'이다. Born to be wild!

와일드하게 가자! 이거다!
(이런 이유로 한동안 블로그를 쉬었습니다.
그래도 핑계는 핑계입니다. 죄송합니다.)

2008년 1월, 해가 밝음과 동시에 두 사람의 멤버가 추가되었다. 창업 이후 다른 회사 일을 하면서 우리 일을 같이 도와준 아내 아키코가 경리·총무팀의 리더로 정식 입사했다. 그리고 한 사람 더, 오사카에서 갑자기 왔던 청년 쿠보타가 추가되었다.

총 인원 6명.

원룸 공간에 성인이 6명……. 숨이 막힐 만 했다.

BOØWY의 원년멤버인 마츠이 츠네마츠가 〈그때 우리는〉이라는 곡을 냈지만(뭐, 그건 전혀 상관없기는 하다) 그와 닮은(닮을 필요 전혀 없기는 하다) 그때 우리는(사실 이 말이 하고 싶었다) 사무실에 거의 없었다. 그럼 어디에 있었느냐 하면, 건물 1층에 있는 카페에 있었다. 거기에서 원고를 읽거나 컴퓨터를 하거나 했다.

산소가 희박해!

사무실 밖으로 나가는 가장 큰 이유는 이것이었다. 산소가 너무나 희박해서 하루만 회사에 있어도 아찔한 현기증을 느낄 정도였기 때문이다.

"모두들, 계속 밖으로 나가. 내근하면 죽을지도 몰라!"

이래서는 야생의 감각을 갈고 닦기는커녕 호흡곤란으로 감각이 마비될 것이다. 그전에 손을 써야 한다. 질식하기 전에 다른 사무실을 찾는 거다!

새로운 미션을 가슴에 새긴 채, 조금이나마 여유 시간이 생기면 사무실 매물을 찾아다니는 나날이 시작되었다. 물론 한쪽 손에는 앞으로 나올 두 권의 책을 무조건 잘 팔아야 한다는(그렇지 않으면 쿠보타 군을 오사카로 돌려보내야 하므로) 위기가 닥친 미션을 들고서.

＊ ＊ ＊

"어떤 곳을 찾고 계세요?"

당연히 궁금할 만하다. 우리들이 일할 다음 장소는 어떤 곳일까? 멤버들도 신경 쓰이는 모양이다.

"음. 지금은 전혀 모르겠어. 지유가오카는 매물이 적어서 말이야. 좀 좋은 곳은 터무니없이 비싸고."

"그럼 다른 곳으로 갈 가능성도?"

"응, 없지는 않지."

사실 일단은 다이칸야마에 있는 맨션으로 정했다. 도서관도 가깝고, 조용하고, 방도 투룸에다 다용도실이 딸려 있어 나쁘지 않다. 그래서 가계약까지 했지만, 다행인지 불행인지 그 매물은 사업 등록이 되어 있지 않았다. 그래서 거절했다. 결과적으로는 잘됐다고 말할 수밖에 없다(그도 그럴 것이 '다이칸야마의 명랑한 출판사'라니, 어딘가 안 어울리는 거 같고 말이죠).

덧붙여서 다이칸야마로 정했을 때, 와타나베가 집요하게 "다이칸야마만은 가지 말죠"라고 간청했다. 이유를 물어봤지만 잘 모르겠다. 어쨌든 '안 되는' 모양이다. 다이칸야마에서 와타나베에게 무슨 일이 있었는지는 아직도 수수께끼로 남아 있다.

＊ ＊ ＊

"또 방 하나짜리 맨션인가요?"

"응, 빌딩에 들어가자니 너무 비싸서 절대 무리고 말이야. 굉장히 이상적인 이야기지만, 오래된 집 한 채가 좋은데 말이지."
이렇게 아무렇지 않게 말해봤다. 그렇게 말했지만 사실은 모두 좀 더 멋진 사무실을 좋아하겠거니 하고 생각했다. 그런데 멤버들이 "그거 좋네요"라고 말하는 게 아닌가.

어라, 기쁘다. 이런 식으로 감각이 맞으니까 굉장히 편하다.

"뭐, 찾아도 비쌀 테지만." "그렇네요."

이렇게 반쯤 체념한 기색으로 "좋은 곳 찾으면 좋겠다"라고 함께 이야기를 주고받았다. 그런데 그로부터 1주일도 안 돼서 정말로 그렇게 되다니, 누가 상상이나 했을까.

어느 토요일 아침, 우연히 클릭한 인터넷 페이지에 그 매물이 있었다. 2층 건물로 지은 지 47년 되었고 106.6평방미터, 정원이 딸려 있으며 집세는 20만 엔 미만.

무, 무려 지금의 원룸과 3만 엔밖에 차이가 안 나지 않는가. 거기다 넓이는 3.5배 거기다 정·원! 조건 면에서는 더할 나위 없다. 아니, 더할 나위 없다는 것은 꽤 고자세로 말하는 것이다. 완벽하시옵니다.

그러나 기뻐하기는 아직 이르다며 스스로를 진정시켰다. 이렇게 좋은 조건인데 아무 일도 없었을 리 없다. 분명 '무언가'가 있는 게 틀림없다. 예를 들어 지유가오카의 역사에서 지워진 '어떤 사건'이라든가……

잠깐 시시한 망상을 했지만 '그럴 짬 있으면 보러 가라'는 마음의 소리가 들려왔다.

옙.

그런 이유로 그날 중에 매물을 보러 갔다 왔다.

부동산은 작은 토박이 관리회사였다. 이 근처 일대를 관할하는 모양이어서 이번 매물도 다른 부동산을 돌아보지 않을 참이었다. 그런데 이 매물에는 "어떻게 해서든 건물을 빌릴 사람을 찾고 싶다"는 마음이 없었다. 그런 '강한 기운'이 있는 매물이었다.

담당자도 "냉난방은 안 됩니다." "기본적으로 갱신은 안 됩니다. 건물을 부술지도 모르고, 2년 만에 나와야 할 가능성이 있습니다." "내진 보강은 하지 않습니다." 등, 안 좋은 면만 강조했다. 끝으로 "그런 점을 이해해주시는 분에게 빌려드릴 예정입니다."

내심 생각했다. 대단히 빌려주고 싶지 않군요. 그렇지만 이미 마음은 완전히 기울었다.

여기로 하고 싶어.

그 결과 마지못해서인지 기뻐서인지는 알 수 없지만, 어쨌든 빌려주시기로 했다.

2008년 3월 29일. 이사업체에 의뢰하지 않고 렌터카 회사에서 왜건차를 빌려서 멤버와 그 가족만으로 이사를 마쳤다. 내부는 일체 건드리지 않고 무엇이든 그대로 두었다. 모든 방에는 다다미가 깔렸다. 허례허식이라고는 없는 미시마샤 사무실 제2

호. 여기에서 미시마샤 두 번째 스테이지가 시작되었다.

* * *

이 사무실은 야생의 감각을 갈고 닦기에 안성맞춤이었다.

이유 1 — 그곳은 들판

집 안에 있는데도 밖에 있는 것과 그다지 차이가 없다. 바람은 휘잉휘잉 휘몰아치고 여름은 냉기, 겨울은 온기가 한순간에 문 밖으로 도망간다. 도대체 어디에 틈이 있는 거야. 문이 제대로 닫혀 있지 않나 해서 눈을 가까이 대보니, 이거, 이거, 도처에 틈 투성이다. 나무 테두리의 창은 일단 닫혀 있으나 어딘가 비뚤어졌다. 거기다 그 창에는 지금 와서는 천연기념물급의 불투명유리가 달려 있다. 창문이나 문의 열쇠는 욱여넣는 식. 문단속하기 곤란하다. 집을 지탱하고 있어야 할 기둥은 똑바르다고 할 수 없다. 계단은 아무리 봐도 오래된 데다 급경사……. 이처럼 이 집의 복고풍을 들먹이면 끝이 없다.

이사한 직후인 그해 3월 말은 굉장히 추웠다. 이유는 알 수 없지만 바깥보다 추웠다. 추위를 타는 오오코시 같은 사람은 실내에 있으면서도 다운재킷을 두 겹으로 입고 있었다. 그런데도 가끔 부들부들 떨었다.

그야말로 '들판에 있는 사무실.' 마치 대자연 속에 있는 기분이었다.

　정원 입구에는 멋진 감나무 두 그루가 우뚝 서 있고, 그 아래에는 8평 정도 비옥한 토양이 펼쳐져 있다. 토마토, 가지, 풋콩⋯⋯. 씨를 심으면 맛난 야채가 열매를 맺는다. 가을에는 감이 주렁주렁 익어, 저녁에 집으로 돌아갈 때에는 그 열매가 툭툭 떨어진다. 게임에 나오는 동키콩처럼 감폭탄을 재빨리 빠져나가야만 집으로 돌아갈 수 있다. 겨울에는 돌 아래에서 커다란 개구리가 겨울잠을 자고 있는 경우도 있었다. 어쨌든 조금만 긴장을 늦추면 야생생물들과 조우하거나 그것들에 습격당하는 환경이다.

　덧붙여 버스가 다니는 도로에서 안으로 들어오는 작은 길 안쪽에 이 집이 있지만, 버스가 지나갈 때마다 집이 흔들린다. 실제로 진도 2 정도의 지진을 버스의 진동과 착각한다. 땅이 이어졌다는 것을 체감할 수 있다는 의미에서 이 정도로 뛰어난 사무실도 보기 드물 것이다.

　세간에서는 '멋진' 거리라고 생각하기 쉬운 지유가오카라는 곳에 갑자기 '대자연'이 펼쳐진다는 것은 아는 사람만 안다.

이유 2 - 쥐들의 대운동회

　이 사무실은 얼마나 자연적인가. 그중 제일은 쥐와 공존하는 생활에 있다.

　곰쥐Rattus rattus. 길이 20센티미터 전후. 시궁쥐와 다르게 천장 같은 높은 곳에 서식한다. 이 곰쥐는 2센티미터의 틈만 있으면 몸을 자유자재로 구부려서 침입한다. 이빨은 강인한 동시에 날카로워 열지 못하는 것이 없다. 그리고 대담하면서 신중하다. 이만큼 작은 군인도 보기 드물다.

쥐들의 대운동회

2008.10.24

현재 저녁 9시 44분.
이 시간, 미시마샤에서는 5명의 직원이 남아 일하고 있습니다. 막판 스퍼트!
이렇게 말하며 힘내고 있습니다만, 아무래도 윗층이 소란스럽습니다.
또 시작된 모양이군.
쥐들의 대운동회가…….
이게 또 덜컹덜컹하고 꽤 격하게 주위를 뛰어다닙니다.
얇은 천장이 주저앉을 정도로 격렬하게 뛰고 있습니다.
덜컹덜컹 덜컹덜컹 덜컹덜컹 덜컹덜컹…….
이 소리가 울리면 모두 일순간 움찔합니다.
꽤 무섭네요, 쥐가 내는 소리라는 게.
이거 참.
이것도 단독 주택에서 일하는 숙명인 걸까요.
누군가 쥐 퇴치가 특기인 분이 계신다면
부디 퇴치하러 와주시지 않겠습니까.
정말로 진심으로 부탁드립니다.

이 블로그 글을 쓰고 나서 곧 어떤 작가의 부인으로부터 메일을 받았다.

"참, 저번 블로그를 읽어보니까 회사에 쥐가 있다고(웃음). 실은 이전에 살던 맨션에서 저희 집에서만 쥐가 나온 적이 있어요. 집주인에게 이야기하니까 '쥐가 나오는 집은 번창한다'고 하더라고요. 그러자 그 직후에 책이 팔렸어요! 그러니까 미시마 샤도 앞으로 빅 히트작이 나와서 번창한다는 의미이므로 부디 그렇게 생각해주세요(웃음)."

경험자는 언제나 옳다. 그 무렵 "쥐가 베스트셀러를 물어다 준다며"라고 서로를 격려하면서 공포를 견뎠다. 그리고 그렇게 말하는 사이에 이게 무슨, 정말로 베스트셀러가 나왔다.

우치다 타츠루 선생님의 '도시 공간' 시리즈의 속편인 『도시 공간의 교육론』이 자력으로 영업을 시작했을 때 나왔던 『도시 공간의 중국론』보다 배에 가깝게 팔리면서 퍼지고 있었다. 이 것도 쥐가 물어다 준 행운인가?

이렇게 기뻐하는 한편, 피해는 확대일로를 걸었다. 쥐가 씹어대서 책상에 놔두었던 고추기름병(왜 놔둔 건지는 수수께끼)이 찢어지고, 벽장 속에 있던 종이란 종이는 다 찢어지고, 코딱지를 둥글게 만든 것 같은 검은 똥이 대량으로 흩어져 있었다. 아무리 '행운을 부르는 동물'이라 해도, 아무리 야생과 공존이라 해도, 이렇게 실제로 피해가 생긴다면 내버려둘 수 없다. 멤버 모두 마음 놓고 일을 손에 잡지 못했다.

공존인가, 공멸인가? 망설이고 망설인 끝에······라고 할 것도 없다. 즉시 결심했다.

업자에게 부탁하자.

쥐들이여, 미안하지만 그대들과의 공존생활은 여기에서 끝내고 싶다. 잠시였지만 함께 시간을 보내서 행복했단다(특이한 경험을 하게 해주었다는 점에서). 합장.

이런 이유로 부동산을 통해 업자를 소개 받았다. 그 업자는 이 집을 지은 목수 아저씨였다. 그 아저씨가 말하길, "쥐의 먹이를 없애지 않고서는 없어지지 않는다." 그런가, 빠르게 수긍하고 "잘 부탁드립니다"라고 대답했다. 조속히 집에 깔린 다다미를 전부 들어서 제초제를 뿌리고, 쥐의 먹이가 되는 지렁이 같은 작은 생물을 없애기 위한 '생물근절 작전'을 결행했다. 덧붙여 현재의 건축기준법에 의하면 땅을 콘크리트로 채우고 집을 짓는다고 한다(땅을 질식사시켜버리네요). 그러나 우리의 오래된 목조 건물이 세워진 시대에는 그러한 발상은 없었던 모양이다. 집의 바로 아래는 땅이다. 후일담이지만 나중에 들어오게 되는 쥐 방제 전문업자도 "이 집은 드나들기 쉽네요. 아무리 틈을 막아도 지하에서 숨어들어서 안으로 들어오니까요"라고 지적했다. 전문가도 당당하게 '무방비·들판에 있는 것 같은 사무실'이라고 도장을 찍어주었다.

어쨌든 쥐에게는 파라다이스라고 할 수 있는 집. 그 집에서 먹이를 근절한 것이다. 바야흐로 궁지에 몰린 우리 집 쥐. 먹이가 끊겼으니 과연 조용해지네……. 이렇게 생각했으나 일은 속담대로 흘러갔다.

업자가 왔다가고 며칠 뒤, 쥐들은 미친 듯이 날뛰며 분노를 폭발시켰다. 지붕 밑 대운동회는 어느새 대전쟁의 양상이었다. 머리 위에서는 폭탄이 떨어지고 있나 착각할 정도로 큰 우당탕 쿵쾅하는 소리가 났다. 거기다 빠삭빠삭, 빠삭빠삭하고 널빤지인지 뭔지를 이로 갉작거리는 소리도 끊이지 않았다. 부탁이니까 '쥐도 궁지에 몰리면 사람을 문다' 같은 일은 없기를……. 우리는 몸을 움츠린 채 전전긍긍하며 그저 떨고 있을 뿐이었다. 일주일이 지나려 할 무렵, 조금씩 조금씩 쥐가 소란 피우는 게 적어졌다. 그리고…….

처음에는 믿기 어려웠다. 오늘은 지붕 밑이 조용하네, 또 오늘도 소란을 피우지 않네……. 이렇게 갑자기 실감 안 나는 나날을 보냈다. 이런 날이 일주일 정도 계속되자, 결국 쥐가 없어진 게 틀림없는 사실이라는 것을 알게 되었다.

드디어 쥐의 공포에서 해방되었다. 갑자기 머리 위에서 큰 소리가 나서 깜짝 놀랄까봐 벌벌 떨며 일하지 않게 되었다. 다만 이상하게도 없어졌다면 없어졌는데, 조금 허전하기는 했나.

그런데……. 쥐의 생명력이란 것이, 인간의 상상력을 아득히 뛰어넘었다. 다음 해, 작년의 결말이 거짓말이었던 것처럼 쥐는 다시 격렬하게 활동하기 시작했다. 게다가 진드기라는 새로운 덤까지 옮겨왔다. 여성 멤버들로부터는 "가려워요"라는 고충이 나왔다.

결과적으로 전문 방제업자에게 부탁해서 몇 주에 걸쳐서 구멍이라는 구멍을, 틈이라는 틈을 모두 막아서 완전히 방제하기에 이르렀다. 그리고 곧 전쟁은 종결되었다.

아마 이 2주간의 싸움을 통해 멤버들은 무언가를 포착했을 것이다. 청결한 오피스빌딩에서는 절대 맛볼 일 없는 무언가, 일에 직접 써먹을 일은 절대 없을 무언가를. 지금은 그저 그렇게 믿고 싶다.

* * *

이유 3— 작은 밥상보다 사랑을 담아서

미시마샤의 들판 같은 사무실은 모든 방에 다다미가 깔려 있다. 1층에는 14평 정도의 공간과 함께 부엌이 있고, 2층은 6평 사이의 방이 4개 있다. 예전에는 하숙용으로 사용되었던 모양인지, 지금도 각각의 방에는 개수대와 스토브를 놓는 장소가 갖추어져 있다. 2층 복도는 판자를 댔다. 다들 보통 1층에서 일해서 2층에 있는 방 하나를 회의실, 다른 하나를 재고실, 다른 하나를 도구점 방으로 이름 붙여 '자르고 붙이는' 작업실로 쓰고 있다. 남은 방 하나는 '무엇이든지 방'이다. 화장실은 1층과 2층에 각각 하나씩 있고, 물론 남녀 공용이다. 개인적으로는 큰일을 볼 때 2층을 사용하는 경우가 많다. 1층을 이용하면 냄새가 조금 신경 쓰이기 때문이다. 그 근처는 아무리 야생의 감각을 소중히 여기는 회사라 하더라도, 아니 그렇기 때문에 분명히 구별 짓고 싶은 곳이다.

……뭐, 그런 건 어떻게 되든 좋다.

밥상이다.

어떤 의미에서 미시마샤의 전부를 쥐고 있는 것은 이 오래된 밥상 하나라고 해도 과언이 아니다. 직경 1미터 정도의 아주 동그랗고 오래된 밥상.

가쿠게이대학교 역에서 걸어서 7, 8분 정도 걸리는 곳에 가끔 들렀던 골동품 가게가 있다. 거기에서 이 밥상을 발견했다. 사무실과 함께 '이런 게 있었으면……' 하고 생각하던 이상적인 밥상을 발견한 것이다. 조금 흠이 있긴 하지만, 원래 용도로서의 역할을 십분 완수하는데다 약간 귀엽기도 하다. 그렇게 생각해서 샀던 물건이지만, 마치 몇십 년이나 여기에 있었던 것처럼 생각보다 더 안정적인 존재감을 보인다.

미시마샤에서는 이 밥상을 둘러싸고 온갖 일을 한다. 기획회의와 전체미팅, 타이틀회의 같이 출판사의 핵심적인 회의를 하는 것은 물론, 점심도 간식도 여기에서 먹는다. 가끔 열리는 멤버의 생일 파티 같은 것도 여기에서 한다.

이미 없어진 말일지도 모르지만, 일가단란—家團欒(한 집안 식구가 무릎을 모아 둘러앉는다—옮긴이)이라는 말이 있었다. 무코다 쿠니코 씨 (1929~1981. 드라마 작가, 소설가, 수필가—옮긴이)의 '쇼와' 시대 가족드라마 같은 것에도 가족의 단란함과 붕괴라는 안팎의 관계가 잘 그려져 있다.

드라마에서 밥상은 가족의 이야기를 그리기 위해서 없어서는 안 될 소품이었다. 밥상이 있느냐 없느냐가 그 이야기의 성립 여부까지 결정할 만큼 영향력 있는 물건이었다. 미시마샤의 밥상도 이와 동일하게 말할 수 있다.

예를 들어 기획회의에서는 동그란 밥상을 둘러싸고, 거기다 멤버 전원이 다다미 위 또는 방석 위에 엉덩이를 붙이고 앉는다. 자연히 '무릎을 맞대고' 이야기하게 된다. 적어도 모두가 다다미를 통해 연결되어 있다. 만일 테이블과 의자를 놓고 앉는다면, 나와 회의하는 사람이 연결되는 부분은 발바닥만이다. 온몸의 무게가 담뿍 실린 엉덩이와 대부분 체중이 실려 있지 않은 발바닥은 서로 교우하는 정도가 다르다. 거기다 테이블 자리에서 마주보게 되면 때때로 대립적인 포지션을 취하게 되기 쉬울뿐더러, 사람들의 시선을 집중적으로 받게 되는 위치에 있게 된다(이 부분에 대한 이야기는 사이토 다카시 선생님과 함께 만든 『회의혁명』에 자세히 나오므로 참조해주세요. 당시 사이토 선생님과 함께 회의의 생산성을 올리겠다고 기를 썼습니다. 그 후 『회의』 관련 책 붐을 일으키게 된 책이기도 합니다).

실제로 밥상을 둘러싸고 다다미에 털썩 앉아 모두의 시선이 자연스럽게 들어오는 위치에 있는 것뿐인데도 사이가 좋아지는 기분이 들었다.

그렇게 사이가 좋아지는 분위기 속에서 기획 능력을 단련한다. 아니면 타이틀을 서로 내놓는다. 그러면 기획 하나를 보아도 사랑이 쌓인다. 하나하나의 결정 사항에 모든 멤버의 사랑을 모을 수 있다. 헛된 의논, 의미 없는 대립 같은 것은 당연히 전무하다.

회의란 원래 전체적인 상황을 개선하기 위해 일부러 시간을 할애해서 하는 것이다. 그런데 신기하게도 어째서인지 특정한 입장을 주장하기 위해 회의를 이용하는 모습이 보인다. 그러면 나는 솔직히 이렇게 말하고 싶다.

"서로 보는 방향이 다르잖아요. 음, 왜 투덜거리는지 말했나요? 불만이 있으면 일단 밥상에 둘러 앉아 이야기하자고요."

* * *

그러던 어느 날, 나는 갑자기 이렇게 말했다.

"합숙을 하자."

"……하, 하아."

그다지 반응이 좋지 않다. 안 돼……. 이건 모두의 감각이 둔감해지고 있다는 증거다. 이런 때야말로 루소 선생님이다, 자연으로 돌아가라.

"그런 이유로 모두들. 다음 주 주말에 합숙할 거니까 시간 비워두라구."

"하, 하아. 그래서 어디로?"라고 다른 멤버들을 대표해서 하야시가 물었다.

"그거라면 말이지. 모처럼이니까 미시마三嶋(일본 시즈오카현에 있는 도시—옮긴이)는 어떨까. 미시마샤인데 미시마 신사에 참배하지 않는 것도 이상하고."

"오오, 좋네요."

역시 쿠보타 군. 절묘하다.

"음, 그럼 그렇게 하는 걸로."

그렇게만 전하고 그날은 끝났다.

세월은 화살 같아서 어느새 합숙예정일 전 날이 되었다. 그 날 밤, 와타나베가 예전처럼 눈 밑에 그림자를 드리운 표정으로 물었다.

"숙소는 어떻게 하나요?"

"물론 정하지 않고 갈 거야"라고 말하는 나. 그거 말고는 생각할 수 없잖아. 마치 이렇게 말하는 것 같은 말투다. 사실 나는 보통 '숙소를 정하지 않는' 게 여행의 기본이라 생각한다. 해외, 국내를 불문하고 우선 어찌됐든 현지로 간다. 모든 것은 거기서 결정한다.

요새 인터넷 같이 정보를 찾는 기술이 발달했다고 해도 최고의 정보는 현지에서만 얻을 수 있다. 관광 가이드 책에 실린 가게는 대반이 관광객을 겨냥한 것이라서 그 가게가 반드시 현지 사람이 가는 가게라고 장담할 수 없다. 그러나 어느 곳이든 가격, 맛, 모든 면에서 현지 사람이 가는 가게는 이길 수 없다. 정말로 싸고 맛있는 것은 현지에 가야만 알 수 있다. 여행을 좋아하는 사람이라면 나와 같은 말을 할 것이다.

현지에 도착해서 곧바로 가장 좋은 가게, 가장 좋은 숙소를 찾을지 못 찾을지. 그것은 여행이 천국이 될지 지옥이 될지를 정하는 가장 중요한 사항이라 할 수 있다. 그리고 그 성패는 단지 여행하는 사람의 오감에 맡긴다. 합숙은 바로 그 오감을 연마하기 위해 하는 것이다.

그때 결정한 규칙은 두 가지. '숙소를 정하지 않는다', '컴퓨터를 사용하지 않는다.' 일반적으로 당연하다고 생각하는 것이 사라진 상황을 조성했다.

합숙 테마는 '감지하는 신체를 만든다' 였다. 단적으로 말하면 Don't think, feel. 이소룡 선생의 말인 셈이다. '불편'과 '불안'은 감각을 연마시켜주는 환경이다. 그러기 위해서 가는 합숙인데 일부러 숙소를 결정한다는 것은 본말전도가 심하다. 도대체 뭘 위해서 가는지 그 의미가 희미해진다.

"죄송한데요, 숙소만은 정하죠." 와타나베는 집요할 정도로 요구해왔다. 그래도 '안 돼'라고 말하는 나. 와타나베는 기다리다 지쳤는지 곧 미시마 주변의 추천 숙소 리스트를 메일로 보냈다. 물론 무시했다.

"알고 있는 상태로 가면 안 돼. 알지 못해서 가는 거니까. 모르고 있었더라도 순식간에 '알겠다' 하고 느끼게 되는 지경까지 몰고 가는 감각을 몸에 익히려고 합숙을 하는 거야."

이런 거창한 선언과 함께 합숙 전 날 밤은 깊어 갔다. 다들 정말로 합숙이 진행될지, 아니 진행된다 하더라도 과연 정말로 합숙이 이루어질 것인지 반신반의하며 마음속에 불안을 품고 있었다.

2009년 4월 4일 11시. 현지에서 집합하기로 해서 뿔뿔이 흩어져 있던 멤버가 미시마 역에 집결했다. 일단은 미시마 신사에 가서 기도와 참배를 했다. 그 뒤 점심을 먹고 잠깐 한숨 돌렸다. 그렇게 한숨 돌린 후에 "그럼 이제 어떡할까"라고 하자 모두의 머리에 당면한 사안이 떠올랐다. 오늘밤 머무를 곳은 있을까?

합숙을 하려 해도 짐을 내려놓을 장소도 보이지 않으니 도무지 마음이 안정되지 않는다. 야외에서 회의를 해도 괜찮겠지만 역시 숙소가 먼저겠지.

이렇게 모두의 머릿속에서 오가는 생각을 실현하기 위해 우리들은 터벅터벅 미시마 역을 향해 걸어갔다. 사쿠라가와 강변에 있는 '물가의 문학비'라는 산책로를 "와, 시바 료타로(1923~1996. 일본의 역사소설가로 역사소설 황금기를 열어 국민 작가가 되었다—옮긴이)다." "오, 다자이 오사무(1909~1948. 일본 근대문학을 대표하는 소설가로 자전적 소설인 『인간실격』으로 논란과 열풍을 불러일으켰다—옮긴이)도 있어." "이노우에 야스시(1907~1991. 일본의 소설가이자 시인으로 일본 최고의 역사소설가로 여겨진다—옮긴이) 선생님도 미시마에 대해 썼구나." 이런 말을 하면서 걸었다. 이처럼 기분 좋은 공간에 즐거워하면서 그때 나는 한 가지 결론을 내렸다.

"이 근처는 합숙지로는 안 돼."

이유는 '마을과 가까우'니까. 합숙지는 좀 더 시골티가 나는 곳이 좋다. 조금 더 인가가 없는 곳에서 자연을 느끼며 합숙에 집중하고 싶다. 가능하면 회사처럼 다다미가 있는 방이 좋겠는데, 침대방이라면 돌아다닐 수 없으니까. 이런 몇 가지 조건은 절대 양보할 수 없었다.

그렇게 생각하며 미시마 역의 관광안내소에서 숙소 안내 팸플릿을 몇 개 정도 받았다. 그리고 바로 정했다. 일단은 이즈하코네 철도를 타자.

정말이지 논리적 정합성이 떨어지지만 이런 결론을 내린 우리들은 이즈하코네 철도에 올라탔다. 그리고 이즈나가오카 역에서 내린 뒤 다시 버스를 타고 온천지역으로 향했다.

과연 빈 방이 있을까. 만약 빈 방이 있다 하더라도 알맞은 가격에 머무를 수 있을까. 알 수 없다. 알 수 없지만 지금 와서 되돌아가기도 불가능하다. 그건 그렇다. 무슨 낯짝으로 "아니, 비싸지 않은 데가 없네. 잘 곳을 못 찾아서 유감이야"라고 말할 수 있겠는가. 말하자마자 맹렬한 야유가 날아올 것이 분명하다.

"그러니까 숙소 예약하자고 계속 말했잖아요."

"그래요. 결과적으로 아무것도 못하고 하루를 낭비한 셈이잖아요."

"뭐가 필feel입니까." "마음대로 해요!"

아아, 결과적으로 나는 혼자 이소룡처럼 해야 할 운명에 처한 걸까. 확실히 학생 때 중국대륙을 혼자 여행했을 때도 이름난 곳에서 혼자 이소룡처럼 해서는 비웃음을 받았다. 그로부터 10년이 지난 지금, 나는 전혀 성장하지 않았단 말인가.

잘 곳을 찾지 못한다는 것은 합숙 대실패 또는 종료를 의미했다. 이런 악몽 같은 상상을 힘껏 떨쳐내려는 듯, 나는 가장 가까이에 있는 료칸(에도시대부터 이어져온 일본의 전통 숙박시설—옮긴이)으로 들어섰다. 꽤 오래되어 보이는 데다 고급스러워 보이는 그곳으로……

결론부터 말하면 거기에서 묵기로 결정했다. 재수 좋게 빈

방이 있었다. 가격도 우리가 희망한 것에 가깝게 절충했다. 괜찮은 료칸에서도 방만 비어 있으면 "다른 손님에게는 비밀이에요"라고 말하며 안주인의 판단으로 깎아주기도 한다.

그날 우리들은 좋은 온천에 들어가, 현지 사람들에게 유명한 싸고 맛있는 선술집에서 배 터지게 먹고, 푹 잤다. 그리고 첫째 날과 둘째 날 모두 다다미가 깔린 방에서 농밀한 회의를 했다.

여기에서 이후 미시마샤 활동에 큰 방향이 되는 두 가지 계획이 나왔다. 첫 번째는 웹 잡지 《모두의 미시 매거진》(통칭 미시 매거진)을 개설하는 것이다. 합숙하고 나서 약 3개월이 지난 2009년 7월 1일, 미시 매거진이 창간되었다. 그날 이후 휴일이나 경축일을 제외한 평일마다 매일 '읽을거리'를 하나 이상 넣고, 전국 서점 직원에게 격주로 담당을 맡긴 '오늘의 한 권'이라는 책 소개 코너, 그리고 멤버들이 쓰는 '오늘의 한마디'를 빠짐없이 갱신하고 있다. 이 웹 잡지 미시 매거진을 통해 『오다지마 타카시의 칼럼도道』와 곤도 유우키 선생님의 『유목부부』 같은 단행본도 나오게 되었다. 『지유가오카 3가, 하쿠산 쌀집의 다정한 쌀밥』도 여기서 나왔다. 웹 잡지를 만들지 않았더라면 이렇게 가까이에, 이렇게 멋진 쌀집이 있다는 것을 눈치 채지도 못하고, 이게 책으로 나올 가능성도 없었을지 모른다. 미시 매거진은 지금 와서는 미시마차의 없어서는 안 될 차체의 일부이자 동력원의 일부가 되었다.

다른 한 가지는 '서당 미시마샤'의 원형이 되는 활동을 합숙을 하며 리허설한 것이다. 서당 미시마샤는 사전준비 없이 기획

안을 짜고, 갑자기 출판사를 만들어 '편집의 시간', '영업의 시간', '도구점의 시간'을 거쳐 미시마샤에서 3개월 정도 하는 일을 반나절 동안 체감해보는 실천형 워크숍이다. 그 핵심 골자가 합숙을 통해 탄생한 것이다.

끝나고 나서 보니 대성공이라 할 수 있었다. 다만 우리들의 감각이 연마되었는지 여부는 알 수 없다. 그것은 이후의 미시마샤의 책을 보고 부디 느껴주셨으면⋯⋯.

* * *

야생의 감각을 연마하기 위해 일상에서 실천하는 것을 조금만 서술해보겠다.

· **컴퓨터 끄는 시간**
· **자리 바꾸기**
· **기획회의 서류는 일부만 출력하기**

컴퓨터 끄는 시간이란, 오후가 되면 3시가 될 때까지 컴퓨터를 사용하지 않는 것이다. 모니터를 끄고 노트북을 닫는다. 그리고 그 시간에 회의를 하거나 수작업을 돌리거나 한다.

수작업이라 할 게 있나? 이렇게 생각할 수도 있겠지만, 이게 꽤 있다. 엽서나 편지를 쓴다. 손으로 써서 팩스를 보낸다. POP나 판넬을 만든다. 원고에 연필이나 빨간 펜으로 쓴다. 띠지 같은 것들의 사본을 모은다. 전화를 건다······. 실은 컴퓨터를 사용하지 않아도 할 일은 무한할 정도로 많다. 애초에 내가 출판사에 입사한 1999년에는 편집부에 컴퓨터가 없었다. 원래 이쪽 업계에는 컴퓨터 같은 것이 없었지만, 그럼에도 일은 막힘없이 흘러갔다.

컴퓨터가 편리한 기계임에는 반론의 여지가 없다. 나도 사실 컴퓨터를 사용하지 않고서 출판사를 운영할 자신은 솔직히 없다. 컴퓨터가 있기 때문에 적은 인원으로도 많은 일을 처리하여 작은 출판사를 경영할 수 있다. 그러니 컴퓨터의 은혜는 다분하다. 하지만 '야생의 감각'이라는 관점에서 보면, 컴퓨터가 감각을 연마하는 데 도움이 되지 않는다고 생각한다. 오히려 실제로는 마이너스가 아닐까. 컴퓨터의 무서운 점은 그 앞에 앉아 키보드를 딸각딸각 누르는 것만으로도 일을 한 기분이 든다는 것이다. 하지만 그래가지고는 세계는 변하지 않는다. 트위터와 페이스북이 세계를 바꾼다고들 하지만, 혹시 정말로 그렇다면 그것은 분명 '개인'의 의미가 희석되는 것이라고 생각한다. 컴퓨터로 쪼르르 달려가 무언가를 쓰고 무언가를 사기 위해 클릭하는 행위와, 위험을 무릅쓰고 신원을 드러내서 무언가를 움직이려 하는 행위는 무게가 다르다. 적어도 1대 1로 얼굴을 맞대고 나서 자신의 의견을 설명하고, 다른 사람의 의견을 귀 기울여 들은 뒤, 공감하는 관계를 쌓을지 결정하는 것은 살아 있는 사람이라면 겪을 감각의 순서일 것이다. 이것은 컴퓨터로는 절대 몸에 익힐 수 없는 감각이다.

컴퓨터에는 의존성이 있어서, 좀체 그 앞을 떠날 수 없다. 정신을 차리면 다섯 시간, 여섯 시간이나 꼼짝 않고 신체를 딱딱하게 굳힌 채 컴퓨터를 하고 있다. 그런 경험은 누구에게나 있지 않을까. 그렇게 되지 않기 위해 컴퓨터를 끄는 시간을 업무 속에 넣을 필요가 있다.

야생의 감각을 떨어뜨리지 않고 컴퓨터를 활용한다. 현대 비즈니스에서는 그러기 위한 공부를 빠뜨릴 수 없다. 우리가 가진 야생의 감각이 그렇게 알려주고 있다.

매주 월요일 아침, 미시마샤에서는 청소를 한다. 청소기를 돌리는 것은 당연하고 걸레질을 하고 방석을 털기도 한다. 그리고 긴 책상을 어슷하게 연결한 책상도 정리한다. 그러면서 매주 앉는 장소를 바꾸고 있다. 그러면 책상 위를 닦기도 하고 짐을 정리할 기회도 된다. 동시에 매주 앉는 장소가 바뀌므로 앉았을 때 보이는 풍경이 변한다. 이웃한 사람도 달라진다. 이런 대수롭지 않은 변화가 머리가 굳어지는 것을 막는다. 나는 이렇게 믿고 있다.

앞에서 밥상에 둘러앉아 온갖 회의를 연다고 이야기했다. 그때 하나 더 신경 쓰는 게 있다. 그것은 기획서부터 시작해서 서류는 모두 한 부만 출력하는 것이다. 서류 한 부를 밥상 한가운데에 놓고 모두가 얼굴을 가까이 대고 들여다본다. 그러면 신기하게도 그것만으로 일체감이 생긴다. 명목상 서류를 나누어주면 모두가 그 서류만 쳐다보고 자신에게 몰두하게 된다. 그래서는 '협동작업'의 장이 되지 못하고 '개인작업'의 장이 되고 만다. 그런 어두운 분위기에서는 앞으로 나아가기 위한 아이디어나 창조적 발상이 나오기 어렵다.

프린트는 모두 한 부씩이 아니라 몇 사람이서 한 부, 이것이 회의 할 때의 기본이다.

덧붙여 야생의 감각을 연마하기 위한 프로젝트는 이것만 있는 게 아니다. 예를 들어 어느 겨울 날, '족욕을 하자!'고 생각한 적이 있다. 겨울 바람이 휘몰아치는 단독주택 사무실에서 감각을 민감하게 하려면 족욕을 하는 게 좋지 않을까, 이렇게 생각했던 것이다. 마침 알맞게도 사내에 욕조도 있고 말이지. 그래서 "여러분, 매일 족욕을 합시다"라고 선언했다. 선물로 받은 아로마 오일을 탕에 넣고 더없이 행복한 순간을 회사에서 맛볼 수 있도록 했다.

이런 것은 솔선수범해야 한다. 그래서 욕실로 가서 뜨거운 물에 발을 담그고 눈을 감았다.

아아.

뭐, 뭐지, 이 쾌감은. 발이 따끈따끈해진다. 살포시 땀이 날 정도로 전신이 따뜻해지는 게 아닌가. 나는 나오면서 생각했다. 이 얼마나 좋은 회사야. 그도 그럴 것이 회사에서 족욕이라고요, 그것도 아로마 탕에서!

"모두 매일 하자."

내 체험을 바탕으로 모두에게 자신감 있게 추천했다. 그러자 호시노가 걸려들었다.

"해볼래요."

"좋아! 좋아하는 아로마 오일 넣어도 돼. 내가 추천하는 건 레몬그라스."

나는 그런 말을 남기고 미팅을 하러 밖으로 나갔다. 분명 감격할 게 틀림없다. 다른 사람도 뒤따라 크게 기뻐할 것이다. 의심하지도 않았다. 하지만 다음 날 완전히 다른 보고를 받았다. 호시노는 도중에 '취한' 것 같아 기분이 나빠졌고 그다음에는 누구도 족욕을 이어서 하지 않았다고 한다. 분명 오일을 너무 많이 넣어서 그랬을 것이다. 이렇게 해서 '족욕' 프로젝트는 종료되었다. 겨우 하루. 체험자는 두 명.

여기서 고백하는 것도 그렇지만, 그때 나는 꽤 상처받았다. 정말 좋은 기획이라고 생각했는데. 그래서 속으로 은밀히 생각한다.

올해 겨울에는 반드시…….

09

출판의
기본은
뭘까?

가능한 작은 규모로

<미시마샤 이야기> 제3회 「우선은 100년을 채운다」

2009.8.11

출판사를 만든 이상 100년은 가야 한다고 처음부터 생각했습니다.
이렇게 생각하는 이유는, 책은 몇십 년 뒤, 몇백 년 뒤에
읽어도 신선한 상태로 있을 것이기 때문입니다.
편집자가 되기 오래전부터 생각하던 것입니다.

'책의 본질은 낡지 않는다는 것에 있다.
그렇다면 그것을 출간하는 출판사는
계속 그 책을 출간하는 데 의의가 있다.'

쭉 그렇게 생각했기 때문에,
"대부분 회사는 1년도 채 못 간다"는 말을 들었을 때,
아주 조금 주눅 들고 말았습니다.

100년 앞을 생각하고 있던 머리에 '1년'이라는 숫자가
묘하게 사실적인 중량감을 가지고 울렸습니다.
그렇게 큰일인가, 이렇게 빨리 내 생각은 좌절되는 것인가.

그렇다면, 결의를 새롭게 다졌습니다.

"일단은 100년은 가기 위해"라는 관점에서
온갖 것을 발상해내는 것에 전념하자고.
몇 년만 버티려는 방식은 취하지 않는다.
일단 100년은 가려면 어떻게 해야 할까.

몇 년 후는 목표가 아니라 어디까지나 통과점이다.
그렇게 받아들이기로 했습니다.

2006년의 100년 후니까, 2106년.

그때 미시마샤라는 출판사를 세계 사람들이 알고 있어서
출판사라면 미시마샤지, 이렇게 말할 정도가 되어 있는 거죠.

그렇게 되려면 어떻게 해야 할까?

그 순간 가장 먼저 생각한 것 가운데 하나가
'가능한 작은 규모'로 운영해나가자, 이것이었습니다.

책은 한 권 한 권마다 승부입니다.
출판사의 크고 작음과 알맹이의 좋고 나쁨은 상관없다.
이것이야말로 출판의 묘미입니다.
큰 출판사라서 나오는 책이 반드시 재미있는 것도 아니고
작은 출판사라고 해서 책의 질이 떨어지지도 않는다.
서점에서 모든 책은 평등하다.
평등한 이상, 열량이 높은 게 차례로 독자의 손에 들어갈 디.

이 특질을 최대한 살려야 한다. 즉 출판사의 목표를
'규모'에 두는 것이 아니라 '한 권, 한 권'에 둔다.

그 한 권에 얼마만큼의 열량을 담아,
얼마만큼 애정을 쏟을 것인가.
한 권에 담는 열량을 확산시키지 않고 응축시킨다.

그러기 위해서는 가능한 작은 규모인 쪽이 일하기에 좋다.
그렇게 생각했습니다.

일단은 100년을 채우기 위해 눈앞의 한 권에 모든 것을 건다.

한 권에 심혈을 쏟는 정신은
100년 앞을 생각했을 때 필연적인 것이었습니다.

《AREA》라는 잡지에서 르포 취재의뢰가 와서 밥상회의에서
그에 대해 보고했을 때의 일이다.

"현대의 초상이라는 그거죠?"

쿠보타가 말했다.

"뭐?"라고 말하는 나.

"저, 그거, 겐토샤(도쿄 시부야에 있는 출판사—옮긴이)의 사장이 나온
그거죠."

"아아, 그렇구나"라고 모두 입을 모았다.

'쿠보타, 너 의외로 열심히 공부하고 있잖아, 우리들 그런 거
몰랐다구.'

모두가 그렇게 생각했다. 하지만 그것도 잠시, 쿠보타는 매
우 간단하게 우리들의 기대를 배신했다.

"아니, 몰라요."

"아……뭐어~~???"

"나왔구나 하고 생각해서"

"나온 걸 본 게 아니라"

"보지 않았군요."…….

그 '믹시' 오오코시마저도 "쿠보타, 너, 정말 대충 하는구나"라고 말했다.

사실 쿠보타는 철두철미하게 대충 한다. 이를 능가하는 적당한 발언을 내 얕은 식견으로는 모르겠다. 아아, 정말이지. 괜찮은가.

그렇게 생각한 순간, '어라, 혹시'하고 불안이 엄습했다. 아이는 부모의 뒷모습을 보고 자란다는 말을 많이 한다. 그렇다면 사원은 사장을 보고 자란다고 말하는 것도 일리가 있을지 모른다. 만일 그렇다면…….

제일 대충 하는 건 사실 나?

인정하고 싶지 않다. 인정하고 싶지 않지만, 생각해보니까 확신히 그렇게 생각할 만한 구석이 있었다.

그것은 잊을 수도 없는 2010년 1월 9일, '자기가 하는 일에 대해 생각하는 3일간'이라는 행사에서 있었던 일이다. 진행자인 니시무라 요시아키 씨(1964~. 리빙 월드 대표이자 기획 이사. 일하는 방식 연구가─옮긴이)와 이야기를 주고받으면서 3일 동안 8명의 게스트가 자신이 하는 일에 대해 이야기하는 행사인데, 때마침 나를 첫날의 첫 번째 게스트로 불러주셨다. 이 행사가 열린 나라의 현립도서정보관 또한 대단한 곳이다. 옛 도읍(나라는 일본의 옛 수도인 교토로 천도하기 전의 수도였던 곳이다─옮긴이)의 평야에 갑자기 출현하는 비일상적 공간. 거기에서는 일상의 잡다한 걱정거리에서 전부 해방되어 '지금'에 집중할 수 있다. 그것도 따끔따끔한 집중력과는 상관없이 느긋한 해방감을 느끼면서. 그런 장소에 모인 수백 명을 앞에 두고 이야기하는 것이다. 말하는 사람에게는 더없이 긴장되는 장소다. 적어도 나는 상당히 열심이었다. 솔직히 무엇을 이야기했는지는 거의 생각나지 않는다. 그런 와중에도 다음 대화는 명확하게 기억하고 있다.

어떤 맥락 없이 갑자기 나는 "열량입니다!"하고 말했다.

"열량?" 약간 졸음을 자아내는, 언제나처럼 저음의 목소리로 니시무라 씨는 냉랭하게 되받아쳤다. 말했듯이 내 생각은 그리 깊지 않다. 그래서 이렇게 냉정하게 되받아쳐지자 당황스러웠다. 할 수 없다. 줄거리를 짜 맞추듯이 어떻게든 무언가 말하는 수밖에 없다.

"그, 그렇습니다"라고 말하는 나.

"음" 하고 한마디 하는 니시무라 씨. 농담을 하지 않는 냉정한 사람이다.

"그러니까 말이죠. 한 권의 책에는 열량이 담겨 있습니다."

눈으로 계속해달라고 재촉하는 그.

"그 열량이 제대로 전해져요. 신기하게도. 예를 들면,"

"예를 들면." 압박을 가하는 방법도 훌륭하다.

"서점에 가면 어이없을 정도로 책이 많지 않습니까."

"어이없을 정도"라고 가볍게 추임새를 넣는 것을 잊지 않는 니시무라 씨였다.

"우, 우와……할 정도로 굉장히 많이."

"예.(웃음)"

"그렇게 굉장히 많은 책 속에서 열량이 높은 책은 잘 알아볼 수 있어요."

"안다? 음, 뭐 좋아요, 계속해주세요."

"네. 뭐라고 할까." 이렇게 말하고 나는 생각했다. "터미네이터 같은 거예요. 슈왈츠제네거가 쓰는 선글라스를 쓴다면, 어둠 속에 있어도 적을 찾아낼 수 있잖아요."

"음."

"그거랑 같은 거죠."

그렇다, 그거랑 같다! 이렇게 스스로 납득했다.

"서점에 가서 수많은 책 사이를 걷고 있으면, 갑자기 손에 들고 마는 책이란 게 있잖아요. 저는 그런 적이 많거든요. 분명 그건 책에서 파파팟하고 나오는 열을 감지한 거라고 생각합니다."

"파파팟.(웃음)"

"그래요. 파파팟이요. 아니 어쩌면 두두둥일지도 모르지만. 어쨌든 신경 쓰여서 자연스럽게 손에 들고 마는 거죠. 인간에게 체온이 있는 것처럼 책에도 열이 깃들어 있어요. 독자는 그것을 느끼는 것이라 생각합니다."

"과연. 흥미롭군요. 그런데 그 이야기의 근거는 뭐죠?"

"딱히…… 없습니다."

이렇게 대답하자 니시무라 씨가 폭소했다. 그렇다. 내 이야기에는 근거가 거의 없다. 근거 없는 이야기. 착상, 확신, 망상. 이른바 엉터리.

쿠보타는 대표인 나의 이런 방식을 견실하게 답습하는 것일까. 혹시 그렇다면 더없이 '우수'하다고 할 수 있을지도 모른다.

* * *

2006년 10월에 창업한 이래 내세우는 말이 있다.

'원점회귀하는 출판사.'

홈페이지의 '회사 설명'의 가장 위에도 걸려 있는 말이다. 이 책 안에서도 몇 번이나 사용하기도 했다.

'원점회귀.' 이 말에 담긴 생각은 한마디로 말할 수 없을 정도로 많다. '한 권의 힘'을 믿는 것. 창업할 때 이렇게 썼지만, 그것을 알기 쉽게 설명하면 최대한 높은 '열량'을 한 권에 담아 그 열량을 최대한 보존해서 독자에게 보내는 것이라 할 수 있다.

일단 '한 권'은 저자와 편집자로부터 시작한다.

"그거 재미있어 보이네요!"

"그렇죠."

물론 그 시점에서는 아직 '형태'는 없다. 있는 것은 재미있는 책이 될, 그랬으면 좋겠다는 두 사람의 '마음'뿐이다. 즉 '열'뿐인 것이다. 그 열량이 높으면 높을수록 재미있는 책이 된다. 책을 하나의 생물이라고 친다면 틀림없이 그렇다. 그리고 그 '열'을 받아들이는 독자에게도 열량이 높은 책을 읽는 쪽이 좋을 게 당연하다. 적어도 열이 담겨 있지 않은 책을 읽는 것처럼 불행한 일은 없을 것이다.

그러면 원점회귀란, 쓰는 사람과 편집자가 열을 담은 책을 만들면 달성되는 것일까. 그렇지는 않다. 큰일이라 할 수 있는 기획단계에서 '열'이 있는 것은 어떤 의미에서 당연한 대전제다. 문제는 그다음이다.

어째서인지 처음의 열이 열량 그대로 독자에게 다다르기가 쉽지 않다. 독자에게 다다르기까지 거치는 여러 단계에서 그 열이 주룩주룩 흘러넘치기 쉽다.

출발점인 기획에서 독자에게 다다르기까지 도대체 무슨 일이 일어나는 걸까? 어째서 이런 사태가 벌어지는 걸까.

당연하지만, 한 권의 책이 완성되기까지는 이러저러한 단계를 밟는다. 저자와 편집자가 협의한 기획은 출판사 내의 편집회의에서 논해진다. 거기서 고GO 사인이 나온 기획을 영업부가 체크한다. 거기서도 OK를 받은 기획만이 최종결재자의 판단을 받을 권리를 얻는다. 그래서 다행히 최종결재를 통과한 것이 책이라는 형태를 향해 움직인다. 길고도 먼 여정……. 그렇지만 여기서 끝이 아니다. 아직 더 있다. 실제로 완성된 원고를 책으로 만드는 과정, 인쇄·제본한 책을 도매상이라 불리는 유통회사와 교섭하여 전국의 서점에 배본하는 흐름……. 처음에는 착상에 지나지 않았을 '형태 없는 한 권'이 '형태를 갖춘 한 권'으로 모양을 바꿔 독자에게 다다를 때까지 여러 관문을 거쳐야 한다.

그렇게 해서 관문을 통과할 때마다 어째서인지 '열'이 유실

된다. 원래대로라면 오히려 반대가 되어야 할 것인데도.

당연히 모두의 행복을 생각한다면 관문을 통과할 때마다 열량이 증폭되어야 할 것이다. 각각의 사람, 각 섹션이 '열량증폭기'로서 역할을 수행하면 처음에는 불안으로 흔들리던 '작은 열'도 가는 곳마다 증폭기를 통해 점점 커져서 마침내 전국의 독자들이 기뻐할 만한 열을 갖게 된다. 그럴 수 있을 것이다.

영업 담당 쿠보타가 어느 날 말한 비유를 빌리자면, 주방에서 아무리 맛있는 요리를 만들었어도 그 요리를 식기 전에 테이블에서 기다리는 손님에게 드리지 않으면 손님은 '맛있음'을 맛볼 일이 없다. 손님에게 주문 받아서 그것을 적절한 타이밍에 주방에 알려서, 주문을 들은 요리사가 맛있는 것을 만들고 손님의 주린 배를 채워줄 절묘한 타이밍에 그 요리를 제공해야 한다. 물론 테이블에 나갈 때에도 마음을 담아서. 이 일련의 작업이 낭비 없이 훌륭하게 이어질 때, 주방 안의 '맛있음'에 지나지 않았던 것이 열린 장소에서도 '맛있음'으로써 생명을 얻는다.

이와 같은 어떤 책이 탄생하여 전해지고 있다면…… 아마도 출판불황이라는 말은 나오지 않았을 것이다. 하지만 실체는 다르다. 당최 그렇게 되지 않는다.

'요리는 따뜻할 때 손님에게 전달하는 것.' 초등학생 시절의 내가 들어도 "당연하잖아"라고 대답할 게 틀림없다. 그럼에도 '무조건 그렇게 하는 것이 낫다'고 생각하는 것이 잘 실행되지 않는다. 왜일까?

그렇게 생각하면, 이유를 알 수 없는 많은 일들이 세상에서 태연하게 벌어지고 있다.

"핵은 당연히 없는 게 좋다. 하지만 아직도 핵발전을 찬성하는 사람들이 있다."

"빈곤은 당연히 없는 게 좋다. 하지만 잘 없어지지 않거니와 정책면, 사회적인 관심 정도 등에서 보더라도 없어지는 방향으로 가지도 않는다(오히려 반대)."

"젊은이들이 활기차게 활동할 수 있는 사회가 당연히 좋다. 하지만 취직난민은 늘어나는 추세고, 젊은이는 젊은이대로 종신고용을 희망하는 대학생이 다수를 점할 정도로 보수화가 진행되고 있다. 하지만 그 이유는 그 편이 '안심되어서'라는 소극적 태도 때문이지 절대 도전정신에서 나온 것이 아니다(도전할 수 있는 것은 젊은 사람의 특권인데……). 말하자면 그렇게 생각한 시점에서 스스로 인생의 가능성을 축소시키고 있다."

어째서? 왜 이렇게 '이쪽이 낫다', '이렇게 되는 게 당연히 좋다'고 생각하는 것이 잘 실행되지 않는 것일까?

'이러는 편이 낫다'를 믿으려 하지 않는다. '이러는 편이 낫다'를 향해 움직이려 하지 않는다. 왜? 어째서? 무슨 이유로?

어떤 깊은 병이 현대인의 머릿속에 박혀 있다고밖에 생각할 수 없다.

그런데 내가 여기서 말하는 '이러는 편이 낫다'고 하는 것은 전부 '이치'가 아니라 '감각'의 문제다. 오해하지 않기를 바라지만 '올바른' 것을 말하려는 생각은 조금도 없다. 사실 나란 사람은 모순투성이다. '이러는 편이 낫다'를 전혀 실행하지 못하기 때문이다.

술을 마시지 않는 게 좋다. 이 아이를 좋아하지 않는 게 좋다. 그 편이 당연히 낫다. 이치상으로는 잘 안다. 하지만……. 그래도 술을 마셔버리고, 그 아이를 좋아하게 된다. 그런 일을 반복해왔다.

이치로는 알고 있어도 자신의 감각이 거기에 따르지 않는 일이 있다. 있다 뿐인가, 언제나 그렇다. 물론 아픈 경험을 할 때마다 조금씩 배워서 성장하기는 한다. 하지만 그렇다고 해도…….

이치에만 따라서는 '재미'가 희미해져버린다. 이치에 따르면 열은 희미해지고, 감각에 따르면 이치에서 멀어진다.

왜 이렇게도 세상은 딱딱할까. 이처럼 개탄하는 말 한마디를 토해내고 싶어지기도 한다. 하지만 여기에서 세상의 부조리를 가여워하는 것은 사리에 어긋난다. 고찰의 도마에 올려야 할 것은 '이치인가, 감각인가'라는 양자택일을 버리고, '이치도 감각도' 계속 유지하는 열을 독자에게 전달할 방법이다.

하지만 과연 그런 것이 있을까?

이야기를 되돌려 생각해본다. 어떤 일이든 정확하게 현상을 파악하는 것이 우선일 것이다.

내가 앞에서 말한 '어째서?'는 이것도 저것도 감각적으로 이해되지 않는 것들뿐이다. 따뜻할 때 요리가 나가는 게 좋다. 방사능 피해의 위험이 있는 핵발전은 없는 편이 낫다. 젊은이는 인생에서 여러 가능성이 있다는 것을 생각하며 살아가는 편이 좋다.

같은 의미로, 열을 담은 책은 열량 그대로 또는 그것이 증대된 형태로 독자에게 다다르는 편이 좋다. 이치가 아니라 피부에 닿는 감각으로 보면 그렇다.

그런데 이치(라고 하기보다 눈앞의 이해타산이 빠른 사람과 체념 등)가 감각을 완전히 지배하고 있다. 이것이 현상이다. 어째서 이렇게 되었을까?

* * *

한 가지 더 물음을 좁혀본다.

어째서 한 권의 책을 전하는 데 열량이 떨어지는 것일까?

사견을 늘어놓으면, 효율주의의 귀결 그리고 그 귀결로 생겨난 분단주의의 결과가 아닐까 한다.

분단주의. 그것은 온갖 것을 분리해서 생각하는 악습으로, 내부의 논리(조직 내 논리)를 절대시해서 외부와 적극적으로 협력하지 않고, 내부적으로 완결 짓는 것에 한 점의 의문도 품지 않는 나쁜 습성이다. 간단히 말해 이웃의 일은 '나는 상관없다'고

우기는 것이다.

조금이라도 이웃과 관계되면 자신들의 '효율'이 떨어지고 만다. 그만큼 일이 늘고 귀찮은 일이 일어날 확률이 높아진다. 그러니까 처음부터 상관하지 않는다. 예를 들어 그 일이 얼마나 '재미있는' 것이든(재미있으면 재미있을수록 무아지경이 되므로 효율은 당연히 확 떨어진다). 이런 분단주의가 세상에 만연해 있다.

분단주의는 전체의 열을 떨어트리는 데에만 그치지 않는다. 일단 이 나쁜 이데올로기에 침범당한 사람들은 자신은 물론 조직의 본래 역할마저 간단히 잊어버린다. 자신이 하고 있는 '이상한 일'에 어떤 의문도 갖지 않게 된다.

당연한 일이지만, 조직을 움직이는 것은 '사람'이다. 조직이 열량증폭기가 아니라 열량저감기로 기능한다면 다른 것이 아니라 거기에 있는 '사람'이 그러한 기능을 하는 것이다.

"응, 조금만 더하면 되겠네."(그럼 당신이 아이디어를 내세요!)

"지금까지 실책을 보자면…….. 심하네."(전례주의를 내세우면 새로운 것은 절대 태어나지 않습니다.)

"그건 시스템적으로 절대 불가능합니다."(그 시스템은 영구적인 건가요.)

"그건 ○○부의 관할이라 저희로서는……."(당신 회사 일이면서.)

"그건 자회사가 알아서 판단한 일이라서."(책임은 어디에도 없다는 말입니까.)

"그러니까, 말하자면 팔리지 않는다고. 영업이 하는 말을 전혀 듣지 않아서야."(영업이 말하는 대로 만들면 만드는 사람은 필요 없어요.)

이런 대화가 회사에서 오가는 게 틀림없다.

효율주의와 분단주의로 인한 '(결과적으로) 비효율'은 감각이 없는 사람들을 출현시키고 있다. 열량을 낮추는 것에 극히 무감각한 사람들을.

무엇보다 분단주의의 죄는 여기에서 그치지 않는다. 조직과 일을 분업하는 정도의 '분단'으로 만족하지 않았던 것이다. 이럴 수가, 본래 한 사람이 해야 할 '판단', '책임', '발상'이라는 것마저 분단해버렸다. 어느 때는 '데이터', 어느 때는 마케팅이라는 수법, 또 어느 때는 법령준수라는 규칙이 한 사람보다 중요하다고 보게 된 것이다!

도대체 몇 명의 사람들이 그 상황에서 살아가는 것일까? 애초에 거기에 본래적인 기쁨은 있는 것일까? 잘해도 "아아, 마케팅 전략이 빠졌구나" 하고, 잘되지 않았을 때는 "데이터 수집 개수가 부족하구나" 한다. 그래서 나 같은 사람은 "그런 걸 하더라도 재미있나?" 하고 생각한다.

아니, 그렇게 말하면 어폐가 있다. 나도 데이터는 중시한다. 그렇지만 그것이 절대적이라고 생각하지는 않는다. 우선순위가 다를 뿐이다. 최우선으로 해야 하는 것은 얼마만큼 재미있는가, 얼마만큼 열심히 하게 되는가, 얼마만큼 열중하게 되는가, 그런 것일 터다.

혹시 정말로 출판계가 세간에서 말하는 것처럼 '안 되는' 것이라면, 지난 10년 동안 강화해야 할 방향성을 잘못 잡았기 때문이 아닐까 생각한다. 단기적 매출, 효율성과 인건비, 경비의 삭감과 원가비율 억제, 그런 것들에 기를 쓰게 되고 개인정보보호법과 법령준수, 규칙에 칭칭 감싸여 있는 사이에 정말 소중한 것을 잃고 있다.

그리고 상황이 조금 더 나빠졌을 때, 그런 '당장의 일'을 우선시한 결과 한층 더한 악순환을 불러왔다. 그렇다면 지금 다시 '조금 더 나빠졌을 때'의 시점으로 되돌아가 그때 정말 해야 했던 것이 무엇인지 묻고 그것을 실행해야 하지 않을까. 즉 원점으로 되돌아가서 바라본다면 어떨까.

그때 해야 할 일은 분명 명확할 것이다. 아마 이러한 구호로 이야기할 수 있지 않을까.

다시 한 번 더 감각을!

* * *

미시마샤의 책을 보면 알겠지만, 한 번 봤을 때 딱히 통일된 장르가 없다. 신기할 정도로 제각각이다.

"도대체 뭘 목표로 하는 건가요?"라는 말은 창업한 직후는 물론 지금까지도 꽤 받는 질문이다. "저 책도 미시마샤에서 나온 거였군요. 장르가 전혀 달라서 몰랐어요. 출판사는 비슷한 종류의 책을 내지 않나요?"라는 말도 곧잘 들었다. 그때마다

"그렇습니다. 이 책도 저 책도 실은 미시마샤가 만든 거예요"라고 대답한다. 거기다가 "사실 미시마샤의 책은 한 번 봤을 때 장르가 제각각이지만, 분명히 공통점이 있어요"라고도 말한다.

물론 사실이다. 확실히 장르 면에서 공통점은 없지만, 미시마샤의 책들에는 다른 공통점이 있다. 그것은 무엇일까?

덧붙여 지금까지 출간한 도서의 장르를 굳이 나누자면 이렇게 될 것이다.

인문: 『도시 공간의 중국론』 『초역 고사기(현존하는 일본 최고最古의 역사서―옮긴이)』 『해안선의 역사』 『도시 공간의 교육론』

비즈니스: 『직장에서 노는 난바술』 『의욕! 공략본』 『수수께끼의 회사, 세계를 바꾸다』 『탈 '혼자 승리' 문명론』 『창발적 파괴』

스포츠: 『모두의 프로레슬링』 『걱정 마라 염려 마!』

의학: 『아프지 않기 위한 시간의학』

잡학: 『실제로는 몰랐던 일본』 『도쿄 축제! 대사전』 『난바식! 건강생활』

자기개발(실용): 『미리 기 좋아지는 입체시고법』 『12살부터 인터넷』 『'가난' 권장』

문장: 『문장은 경문을 베끼듯이 쓰는 게 좋다』 『쓰고 살아가는 프로 문장론』

논픽션(에세이): 『나는 스님』 『미래로 가는 주유권(일본 국철의 관광용 할인 승차권―옮긴이)』 『유목부부』 『역행』 『지금, 지방에서 산다는 것』

평론: 『아마추어론』

요리: 『지유가오카 3가, 하쿠산 쌀집의 다정한 쌀밥』

코믹 에세이: 『원하는 것은 무엇입니까?』

그림책: 『빨리빨리라고 말하지 마세요』 『정말 소중한 내 상자』

아직 1인 출판을 하던 무렵, 그것도 책을 한 권도 내지 못했을 때부터 '작은 종합 출판사'를 하겠다고 노래를 불렀다. 그리고 그 후 말 그대로 미시마샤는 점점 '종합적'이 된 것 같다. 더 있으면 소설이며 사진집, 거기다 '이건 도대체 뭐야?'라고 할 장르의 책도 나올 것이다.

물론 작은 규모의 회사에서 이 같이 다품종소량 생산을 하는 것은 무척 비효율적이다. 서점에 영업을 하러 방문했을 때 찾아가야 할 장르별 담당자가 두 배는커녕 몇 배나 늘어난다. 예를 들어 비즈니스책을 전문으로 하는 출판사가 비즈니스책 담당자만 방문하면 되는 것과 비교하면 몹시 다르다. 어떤 서점을 방문해 담당자와 회의하는 시간이 이동하는 데 걸리는 20분을 포함해 30분이라 하자. 미시마샤처럼 다루는 책 장르가 10개를 넘는다면 10분×10=100분. 이동시간을 넣는다면 120분이다. 즉 비즈니스책을 전문으로 하는 출판사와 비교했을 때, 시간이 4배 더 걸린다. 이것은 어떻게 보아도 비효율적이다.

그렇다고 해서 효율을 우선시해 같은 장르의 책만 출판해야 할까? 그러기에는 역시 섭섭하다. 왜냐하면 한 장르의 책만 내야 한다는 것은 출구가 미리 정해져 있다는 것이기도 하기 때문이다. 즉 처음에 기획할 때부터 미리 정해진 출구를 의식해서 만들어야 한다. 그렇지 않으면 출구가 없는 책, 결과적으로 형태가 잡히지 않은 미아 같은 원고를 낳을 뿐이니 말이다.

하지만 미시마샤에서는 일단 '재미있'다는 이유로 시작하고 싶었다. 그 '재미'를 최대한 끌어내서 그 '최대한의 재미'에 더욱 알맞은 출구를 찾고 싶었다.

거기다 처음부터 책은 책이다.

어디까지나 책은 책일 수밖에 없다. 그림책도 비즈니스책도 소설도 에세이도, 어떤 것이든 책이다. 그리고 책인 이상 거기에 귀천은 없다. 인간의 몸이며 하는 일을 일일이 다 분단할 수 없는 것과 같은 것이다.

"당신의 다리와 머리는 별개의 것입니다"라는 말을 듣고 "예" 하고 수긍하는 사람은 없을 것이다. 또 축구를 보면 골키퍼, 좌측 사이드백, 미드필더, 센터포워드 같은 포지션이 있는데 만일 골키퍼만 모아놓는다면 축구는 할 수 없을 것이다. 모두가 골키퍼라면 도대체 누가 공격을 한단 말인가.

무엇보다 이렇게 지적할 수도 있을 것이다. '이봐, 이봐, 이야기가 바뀐 거 아니야? 책의 장르라는 것은 축구에서 선수 측이 아니라 관중 측의 이야기일 텐데'라고. 확실히 그 말대로 소설을 좋아한다거나 그림책을 좋아한다는 것은 골키퍼가 좋다든가 미드필더가 좋다든가 하는 이야기와 같다. 즉 '그쪽 방면에 정통한' 경우의 이야기다. 하지만 '그쪽 방면에 정통하다'는 것은 기본적으로 축구라는 스포츠의 팬이 있어야 성립할 수 있다. 여기에 반론은 아마 없지 않을까.

그런데 이와 같은 이야기가 책의 경우에는 처음부터 장르별로 따지게 된다. 뭐라고 할까, 출판사 내에는 장르별로 팬이 있다고 믿어 의심치 않는 사람이 있다. 그런 선입견 때문에 "미시마샤의 책은 제각각이네요"라고 말하는 것이다.

그러나 잠깐 생각해보자. 혹시 축구팬이 감소했다면, 그때 축구 관계자가 해야 할 일은 어떤 것일까?

· 축구 자체가 재미있음을 알린다
· 키퍼, 우측 윙백, 미드필더 같이 제각각의 포지션이 재미있음을 알린다

어느 쪽이든 필요한 것이지만 우선순위로 할 것은 전자가 아닐까. 축구가 재미있다고 생각하는 사람의 수가 절대적으로 늘어나야 한다. 그렇지 않으면 좌측 사이드백 마니아가 얼마나 많이 늘어나든 축구계 전체를 향상시키기에는 한계가 있다.

적어도 나는 '책은 그 자체로 재미있다'고 생각하는 사람의 숫자를 절대적으로 늘리는 것에 도전하고 싶었고, 그래서 새로운 출판사를 시작하고 싶었다. 독자에게 입구는 어디라도 상관없다. 최종적으로 책이 재미있다는 것을 체감함으로써 실제로도 그런 생각이 깊어질 수만 있다면 말이다.

분단되기 전의 '재미있다'라는 원액을 희석시키지 않고 오로지 진하게, 진하게 만든다. 그렇게 해서 만들어진 재미 100퍼센트의 한 권이 한 사람 또 한 사람을 책의 세계로 불러들인다. 이렇게 해서 새로운 독자가 생겨난다.

다시 한 번 앞의 질문으로 되돌아가보자. 딱 봤을 때 서로 제각각인 미시마샤의 책에 공통점이 있다는데, 그것은 무엇일까?

답은 이미 이야기한 대로다. 미시마샤 책의 공통점은 모두 '책'이라는 것뿐이다. 더 말하자면 '재미있다'고 믿어 의심치

않고 만든 책들뿐이다.

바라건대 미시마샤의 책이라서 구매한 분들이 지금까지 읽어본 적 없었던 장르의 재미를 알게 되는 기회가 되었으면 한다. 그렇게 해서 다른 출판사의 책까지 사게 되는 흐름으로 이어진다면 더 바랄 것이 없다.

* * *

하지만 우리들처럼 원점으로 회귀하려는 움직임은 현실의 흐름과는 역행한다. 한 번 주류가 된 분단주의는 어느새 인간의 의지는 어디에도 존재하지 않는다는 양 자기증식을 반복하고 있다. 많은 사람들이 어렴풋하게 '이상하다'고 느끼지만, 분단주의는 의지를 가진 하나의 생물처럼 반자동적으로 증식하고 있다. 그러한 분단주의를 상징하는 가장 으뜸가는 것이 마케팅이라 불리는 수법일 것이다.

예를 들어 내가 '30대 초반 남성, 독신, 연봉 500만 엔, 제조회사 근무'라는 카테고리에 속하는 사람이라고 하자. 그러면 나에게 연일 추천 메일이 온다.

당신에게 딱인 잡지!
『남자가 맑아지다! 30세부터의 '잘 나가는 사람' 매거진 TOKYO G』
'이걸로 당신도 탱탱해진다!? 독신생활과도 이별입니다.'

'30대 후반의 잘 나가는 남자들이 모두 사용하는 비밀의 전자 아이템 첫 공개' '잘 나가는 30대라면 소개팅에서 유용한 비밀 개그 50개' '개성파 30대 남성이 되는 10가지 방법' '30대 남자라면 해야 하는 육체개선술.'

과연, 이것을 알지 못하면 30대 남성으로서 '실격'이라는 것인가. 그렇다면 곤란하다. '30대 남성' 실격이라는 말은 30대 남성으로 있을 수 없다는 것이니까. 가능하다면 조금 더 30대로 있고 싶은데 말이다. 결국 이 잡지를 읽으라는 이야기인 듯 하다. 어, 뭐야, 아아, 여기에 나오는 수트 같은 옷차림, 이런 전자기기 같은 것도 사용하면 더 좋다고 한다. 그렇다면 30대 남성, 그것도 잘 나가는 30대 무리에 들어갈 수 있다고. 호오, 그거야. 과연. 내가 졌다. 결국 이런 것이다. 어느 집단의 하나가 되어라. 이걸로 틀림없이 '개성파'가 된다는 것이다. 획일화라는 이름의 개성파 30대.

……거 참.

솔직히 나는 이런 광고나 안내문을 볼 때마다 소리를 높여 말하고 싶다. '30대 초반 남성, 독신, 연봉 500만 엔, 제조회사 근무'라고 하기 전에 "나는 한 사람의 인간입니다!"라고.

확실히 이런 카테고리는 지표가 될 수는 있다. 그렇지만 지표는 지표일 뿐 절대적인 것이 아니다. 물론 예외는 잔뜩 있고, 없으면 안 되는 것이다. 그렇지만 실제로는 예외를 배제하고 획일화, 균일화하려는 흐름이 강해진 것 같다.

단행본 기획회의 같은 데서도 언제부터인지 타깃이라는 말이 위화감 없이 사용되는 것을 빈번하게 발견한다.

'타깃 독자: 10대 후반 여자.'

싸잡아서 10대 후반의 여자아이들이 다뤄진다. 한 사람 한 사람 다른 얼굴을 하고 한 사람 한 사람 생각하는 것도 전혀 다를 터인 다감한 여자아이들이 뒤범벅된다. 나는 이만큼 폭력적인 것은 없다고 생각한다. 왜냐하면 거기에 고유한 삶을 가진 개인은 존재하지 않기 때문이다. 또 50대 여성처럼 타깃 대상 외의 인간은 모두 배제한다.

하지만 진실은 그렇게 단순하게 딱 잘라 나누어지지 않는다. 지금 50대 여성은 당연히 과거에 10대 여성이었다. 10대와 50대가 분단되어 그 사람이 존재하는 것은 아니다. 10대가 있었기에 지금이 있다. 지금이 있다는 것은 지금까지 지내온 시간이 축적된 것과 다름없으며, 모든 것은 연속적으로 존재할 수밖에 없다. 몇십 대의 남성이든 몇십 대의 여성이든 어떤 땅에 있든 어느 회사에 있든, 모든 사람에게 모든 장소에 지금이 있는 것은 연속의 결과일 수밖에 없다. 순간만을 잘라내어 마치 '최적의 답'인 양 결과만을 주는 것은 독자를 과거와도 미래와도 분리된 존재로 취급하는 것이다.

즉 타깃이란 과거와도 미래와도 분리된 존재로서의 개인을 말한다. 이것이야말로 분단주의의 슬픈 말로다.

반대로 타깃 독자라는 것을 설정하려 한다면 이것밖에 없다고 생각한다.

타깃 독자: 남녀노소 누구나.

그런 생각에서 미시마샤는 대상 독자를 설정하지 않는다. 마케팅을 부정하려는 것은 아니지만, 너무 그쪽으로만 기우는 현 상황에서 잃고 있는 것을 조금이라도 떠올리고 싶기 때문이다. 본질적으로 재미있는 것은 세대나 성별이나 시대를 초월한다. 우직하게도 그렇게 믿고 싶다.

그것은 말하자면 인간을 믿는다는 것이기도 하다. 인간인 이상, 생물인 이상, 본질적으로 '재미있는 것'은 인간의 마음속에 잠든 동물적 감각을 반드시 흔들 것이다. 그렇기 때문에 처음으로 그림책을 내게 되었을 때, 망설이지 않고 띠지에 이런 문장을 넣었다.

'대상 독자 0세~100세.'

『빨리빨리라고 말하지 마세요』라는 그림책은 그야말로 남녀노소, 세계의 모든 사람들에게 공감을 불러일으키는 근사한 작품이라는 직감이 들었다. 실은 작가인 마스다 미리 씨도, 그림을 그려주신 히라사와 잇페이 씨도, 편집을 한 나도, 그 책은 모두에게 첫 그림책이었다. 그림책의 올바른 제작법도 모른 채, 일단 이 책이 가진 본질적으로 근사한 메시지를 한 명이라도 더 많은 사람들에게 전하고 싶다는 마음으로 그림책 만들기에 도전했다. 그 결과 대형 그림책으로써는 이례적으로 50페이지를 넘게 되었다. 그렇게 하는 것이 더욱 잘 '전해지게' 된다고 생각했기 때문에 그렇게 했던 것이다.

그 결과, 크레용하우스(일본의 대표적인 어린이 서점―옮긴이)의 대표 이와마 타케츠구 씨로부터는 '거침없이 50페이지에다 그림책으로서의 감성이 듬뿍'(《동경신문》 2010년 12월 3일자)이라는 평을 받았다. 더 나아가서는 이 무슨, 제58회 산케이아동출판문화상(산케이신문사)을 수상하기에 이르렀다.

독자에게서도 "대상 독자 0세~100세라니, 정말 그렇다고 생각해요"라는 엽서를 받는 일이 적지 않았다. 마음이 잘 통했다는 것을 다시 한 번 실감할 수 있었다.

타깃을 설정하지 않는다. 인간을 믿는다.

거기에 있는 것은 오로지 한 권에 혼을 담는 정신뿐이다.

10

한 권의 책마다 혼을 담아서!

원숭이 회사

<미시마샤 이야기> 제14회 「대의명분, 발견했습니다」

2010.1.19

갑자기 이런 것을 생각했다.

어느 마을에 한 마리의 야생 원숭이가 살았습니다.

그 원숭이는 어떤 사람의 가정에서 자랐습니다만,
그 마을은 도시와는 무척 떨어진 장소에 있어서
인간사회는 자연의 일부에 지나지 않는 환경이었습니다.

그러므로 원숭이는 자신이 인간인지
원숭이인지 의식할 일이 없었습니다.

어느 날 원숭이는 어른이 되어 직업을 구하기 위해
도시로 향했습니다.
도시에 도착하고 수년간, 원숭이는 희희낙락하며 일합니다.
스스로 일해서 번 돈으로 먹이를 먹는다는 사실이
터무니없이 즐거웠던 것입니다.

다만 도시에 도착해서 얼마간은
'시스템'이라는 이름의 괴물에게 기가 죽어서
움츠러드는 일도 있었습니다.

하지만 얼마지나지 않아 그 괴물이
무서워할 정도는 아닌 허상이라는 것을 알고
고향 마을에서 키운 야생의 감각을 되찾으러 갔습니다.

그리고 그 감각대로
튀어 오르기도 하고 뛰어다니기도 하고
그야말로 종횡무진, 아크로바틱한 움직임을 보입니다.

그러던 어느 날⋯⋯.

그런 원숭이의 움직임을 무서워한 인간 아저씨가
"저 녀석은 원숭이야. 포획해야 해."
라고 주변 사람들에게 말했습니다.
어이없게도 원숭이는 작은 우리 안에 감금당했습니다.

(홀쩍홀쩍, 어째서 이런 좁은 우리에 있어야만 하는 걸까?
나는 자유롭게 돌아다니고 싶은데⋯⋯.
이전에는 내가 자유롭게 움직이면
모두 기뻐했는데⋯⋯. 어째서?)

원숭이는 다음 날도 그다음 날도 고민했습니다.
(아아, 나는 자연으로 둘러싸인
고향으로 돌아가는 수밖에 없을까?)
우리 안에서 원숭이는 점점 생기를 잃어갔습니다.
이대로 있으면 죽는 게 아닐까 할 정도로.

얼마되지 않아
이전만큼의 속도로
달릴 수 없을 정도로 쇠약해졌습니다.

그때였습니다!

한 방울 남은 생명의 물이 뚝 떨어져,
원숭이의 안에 있던 야생의 감각을 눈뜨게 했습니다.

쾅!

한순간에 우리를 깨부수고
원숭이는 뱅글뱅글, 뱅글뱅글 회전하면서
넓은 하늘로 뛰어올랐습니다.

정신을 차리니 원숭이는 아무도 없는 들판에 다다라 있었습니다.
도시의 한 점을 차지하는 뻥 뚫린 들판에.
그곳은 고향 마을 같아 그리움을 느끼게 하는 동시에
'평범하게' 자연이 펼쳐져 있었습니다,
야생의 감각이 무엇보다 중요시되는 자연의 장이.
때마침 다른 원숭이들이 모여들었습니다.
"어이, 너 즐거워 보이네."
"응, 즐거워.
야생의 감각을 마음껏 발휘할 수 있으니까."

하지만 아직 도시의 오염된 공기에서
빠져나오지 못한 원숭이들은
무서워하며 이렇게 말했습니다.

"다시 인간이 습격해오면 어쩌지?
우리가 없으면 방어를 못하지 않을까."

"괜찮아.
야생의 감각이 가장 중요시되는 곳에 있는 한,
여러 가지 위험을 재빨리 알아차릴 수 있을 테니까.

사바나의 동물들이
'우우, 지금 움직여두는 게 좋지 않을까' 하면서
눈으로 포착하기 한참 전에 적을 인지하고
이동하기 시작하잖아. 그것과 같은 거야."

"흐음."

"거기다 여기에 있으면 높은 나무나 조금 높은 산에서
커다란 산까지 얼마든지 있으니까
거기에 올라가서 보면 대부분은 보일 거야."
"산? 이 들판 어디에 그런 게 있어?"

"있어. 여기저기에.
보이지 않는다면 그것은 우리 안에 갇혀 있기 때문이야.
그것도 눈치 채지 못하는 사이에, 아무것도 모르고.

하지만 우리 안에 있는 것도, 우리 밖으로 빠져나가는 것도
실제로는 자유인 거야.
사고라는 야생의 힘은 자신을 우리 안에 가둬버릴 수도 있지만, 거기에 산이나
나무들을 만들어서
높은 곳, 낮은 곳, 자유자재로 여러 곳에서
넓은 세계를 멀리까지 바라보게도 해줘."

"그런가……."

결국 한 마리 또 한 마리씩 원숭이들이
이 장소에 모여 뛰어다니게 되었습니다.

이렇게 해서 '원숭이 회사'가 탄생했습니다.

(이야기 끝)

"월드컵에서 우승하려면 어떻게 해야 할까요?" 이런 질문을 받으면 뭐라고 대답할까?

월드컵에서는 남녀 모두 예선과 본선이 있어 예선전을 통과한 몇 팀이 토너먼트 방식의 본선에 나갈 수 있다. 본선에 들어가면 예선에서의 승패는 상관없어진다. 이긴 팀만이 다음 시합에 나간다. 즉 우승하기 위해 명팀에 주어진 미션은 단 하나.

'일전필승.'

이것으로 끝난다.

그리고 이 일전필승을 떠받치는 것이 무엇인가 하면, '공 하나에 심혈을 기울인다' 또는 '한 번 차는 데 심혈을 기울인다'가 아닐까. 그것이 축적되어야만 팀을 우승으로 이끌 수 있다. 결과적으로 그것만이 최선이라고 생각한다.

승리한다는 보증 따위 없다. 다음이 있을지 없을지는 아무도 모른다. 그렇기 때문에 내일이 있음을 믿고 전력으로 플레이한다. 그리고 거의 같은 레벨끼리 싸우게 되었을 때, 실력차이가 없는 양 팀에게 잔혹할 정도의 차이(승자와 패자라는 차이)를 만드는 것은 얼마나 강하게 승리를 믿느냐다. 심혈을 기울이는 혼의 총량의 차이가 다른 결과를 만드는 것이다.

* * *

"도대체 어떻게 해서 회사가 돌아가는 건가요?"

첫 부분에 이런 질문을 많이 듣는다고 이야기했다. 그리고 이 책을 통해 우리 회사가 지내온 나날을 좇아왔지만, 새롭게 알게 된 것이 있다. 그것은 과장해서 말하면 앞선 질문이 '월드컵에서 우승하려면 어떻게 해야 할까요?'라는 물음과 뿌리 부분에서 닮은 게 아닐까 하는 것이다. 즉 정답 같은 것은 없다. 단지 매번 임하는 한 경기 한 경기마다 최선을 다할 뿐이다.

몇 번이나 이야기했듯이, 우리들은 마케팅을 하지 않는다. 어떤 사업계획 같은 것도 없다. 연간 발행종수도 확실히 정하지 않는다. 은행 융자도 없다.

한마디로 말하면 계획성이 없다. 그렇다고 형편이 좋은 것은 아니다. 하지만 급여도 기일에 맞추어 제때 지급하고 있고 당연한 이야기지만 거래처에 한 번도 대금을 밀려본 적이 없다. 이런 것은 최소한의 규칙이므로 '꼭' 지켜야 하는 일이다(그러나 오히려 반대로 하는 회사가 많은 것 같다. 계획은 꼭 세우는데 지불은 꼭 하지는 않는, 이런 곳이……).

그것은 축구로 말하면 '어떤 전략을 짤까'와 같은 차원의 이야기가 아니라, 공은 발로 차는 것이지 손에 닿아서는 안 된다, 어깨 싸움은 괜찮지만 때리면 안 돼…… 이런 레벨의 것, 즉 기본이다.

기본적인 규칙을 공유하지 않으면 시합은 이루어질 수 없다. 만일 규칙을 계속 위반한다면 언젠가 시합 참가자격도 박탈당할 것이다.

대외적으로는 규칙을 지키고 팀으로써는 전략적으로 하지

않는다. 이것이 긴요하다(사실 전략적으로 하고 싶어도 그렇게 되지 않는다는 거지만).

결과적으로 '한 권에 혼을 담는다' 말고는 할 수 있는 방법이 없다. 이 한 권이 팔리지 않으면 다음 책을 낼 수 없다. 미시마샤가 겨우겨우 돌아가는 것은 이 한 권을 사주시는 독자분이 전국에 있기 때문이다. 매일 장르는 달라도 혼을 가득 담아 만들어 온 한 권을 받아들여주는 사람들이 있기 때문에 회사는 돌아가고 있다.

그것만이 미시마샤가 존재할 수 있는 유일한 이유다.

그런데 "그렇지만" 하며 묻는 사람이 있을지도 모른다.

"그렇지만 지금 문제는 어떻게 해야 팔릴까잖아요. 팔리지 않으면 곤란한 건 어느 회사나 마찬가지인걸요. 조금이라도 팔려고 회사마다 궁리해서, 어떤 회사는 적극적으로 마케팅을 도입하는 거 아닌가요."

몇 번이나 받았던 충고 같은 질문이다. 그때마다 나는 "그렇군요"라고 대답할 수밖에 없었다. 딱히 반론할 것도 없기 때문이다. 다만 '질문하는 방법이 미묘하게 다르지만 말야' 이렇게 생각할 뿐이다. 즉 '어떻게 해야 팔릴까'가 아니라 '어떻게 해야 독자가 기뻐할까'라는 질문을 해야 한다.

회사를 돌아가게 하려고 '파는' 것을 목적으로 하면 만드는 것의 원점에서는 멀어진다. 만드는 것의 원점은 어디까지나 '기쁨'을 교환하는 것에 있을 것이다.

　지금까지 출판계에서는 많이 파는 것이 최대의 가치로 여겨져왔다. 실제로 출판사와 관련된 서적을 봐도 '베스트셀러는 어떻게 만들어졌는가'라는 테마로 기획된 것이 많다.

　반대로 회사를 평가하는 축으로써 가치의 창출과 가치의 다양성에 대해서는 언급된 적이 별로 없는 것 같다. "결과적으로는 3,000부보다 3만 부 팔린 책이, 100만 엔보다 100억 엔 번 녀석이 대단한 거야." 그런 겉모습만 강조하는 것이 훤히 보인다. 그런 강점은 본래 환상에 불과할 터인데.

　그렇지만 한 사람 한 사람의 생활수준 감각에서 말하면, 커다란 변화가 일고 있다. 물론 나는 학자도 아니고 평론가도 아니므로, 구체적인 분석 같은 것은 하지 않으며 애초에 그렇게 할 수도 없다. 그저 현장 제일선에 있는 한 사람으로서 가진 감각을 통해 말할 뿐이다. 그런 입장에서 봤을 때, 개인적 의견으로는 규모가 크냐 작으냐라는 가치기준으로 사물을 바라보는 것은 한계에 다다른 것 같다. 대량생산과 대량소비라는 모델 속에서 대규모로 사물을 생산해도, 그것을 만드는 사람과 받는 사람이 얻는 기쁨은 희박해진 것 같기 때문이다.

　예를 들어 출판사에서 일하는 한 개인의 수준에서 보자. 어떤 책이 대박이 나서 번 돈으로 월급을 받는다. 하지만 거기에 감사하는 마음은 희박하다. 규모가 너무 크다보니 그러한 과정이 잘 포착되지 않기 때문이다. '한 권'의 책이 쌓여서 그 돈이 생겼다고 보기 쉽지 않고, 자신의 행동이 회사를 지탱한다는 의식도 갖기 어렵다. 큰 출판사와 작은 출판사의 차이가 여기서 나타나는데, 그 대신 거기에는 안정과 보증이 있다(고 여겨진다).

세상은 진실에 대해 거의 말하지 않는 것 같다. 그러나 굳이 진실을 말하자면, 시스템이 담보하는 안정과 보증이라는 것들은 허구에 지나지 않는다.

기쁨이 '숫자'라는 형태로만 피드백 된다면, 만드는 사람(그리고 판매자도)은 일종의 피가 통하지 않는 기계처럼 되어야만 그 상황을 견딜 수 있다.

규모와 상관없이 모든 출판사는 한 권이 축적됨으로써 이루어질 수밖에 없다. 그런 이상 안정이란 환상에 지나지 않는다는 점은 명백하다. 지금 눈을 돌려야 할 것은 환상이 있는 방향이 아니라 그 산업의 '원점'이 되는 방향일 것이다.

그리고 보다 '원점'에 가까운 것, 즉 원초적 기쁨은 무엇일까를 생각하면, 한 사람이 그 책을 손에 들고 기뻐해주는 것이라 생각한다. 그러한 조건 없는 기쁨을 느끼고 더 좋은 책을 만들고 싶다고 생각하는 것이 아닐까.

바꿔 말하면, 프로 야구의 1승과 고교야구의 1승이 갖는 기쁨의 차이라고도 할 수 있다. 본래 같은 1승일 터인데, 1승에서 얻을 수 있는 기쁨의 크기가 다르다고 생각하는 것은 나만이 아닐 것이다.

한 권이 팔리지 않으면 다음이 없다. 그런 상태에서 일을 계속하는 것이기에 한 권이 탄생하는 기쁨도 크다. 뒤집어보면 아픔도 크다.

우리처럼 10명 이하의 규모라면 기쁨도 아픔도 직접적으로 느낄 수 있다. 아무리 무법자들 모임이라 해도, 모두가 자신들의 일에 진지하게 부딪치는 한, 결과적으로 내일은 반드시 보인다. 이 한 권이 독자에게 전해지지 않으면 우리에게 내일은 없다는 생각으로 부딪치는 한.

* * *

조금 이야기가 달라지지만, 어느 날 이런 의문이 떠올랐다.

"정말 그 사람의 마음을 갖고 싶다면 어떻게 해야 할까? 애초에 아무리 해도 돌아봐주지 않는 상대를 돌아보게 하려면?"

뜻밖이지만 이런 질문을 받는다면 어떻게 대답할까. 나라면 간단하게 이렇게 생각한다.

제일 먼저 해야 할 일은 상대를 기쁘게 하는 것이다. 선물을 준다거나 무언가 기뻐할 만한 것을 전한다거나, '그렇게까지 해야 하나' 할 정도로 헌신적인 행위를 한다거나……. (다만 스토커처럼 굴면 안 됩니다.)

소중한 사람의 마음을 돌리려면 그렇게 하는 수밖에 없다. 그 증거로 신화부터 현대소설까지 같은 주제를 되풀이한다는 점을 들 수 있다. 이 점을 우리에게 무척 로맨틱하고 따뜻한 형태로 가르쳐준 것이 영화 〈가위손〉이 아닐까 생각한다.

가위손 에드워드(조니 뎁)를 만들던 박사는 에드워드를 미처 완성하지 못한 채 갑자기 타계했고, 그 결과 에드워드는 인간으로는 절대 완성될 수 없는 영원한 이단아가 되었다. 에드워드의 겉모습을 보면, 손은 가위이고 얼굴은 극단적으로 새하얀데다 몸은 검은 비닐 같은 것으로 덮여 있어 그야말로 이질적인 존재다. 사소한 일로 인간이 사는 거리에 찾아온 에드워드는 곧 한 소녀를 사랑하게 된다. 그렇지만 위노나 라이더가 연기한 소녀 킴은 애초에 에드워드를 무서워하며 거리를 둔다. 도저히 '이 세상의 것'으로는 생각되지 않는 에드워드에게 두려움을 먼저 느낀 것이다.

어느 날, 킴의 남자친구 짐이 도둑질을 계획한다. 에드워드의 손에 달린 가위로 자물쇠를 열게 해서 어느 집에 잠입하자는 책략이었다. 킴은 짐의 강한 설득에 마지못해 에드워드를 이끌고 야심한 밤에 계획을 실행한다. 그런데 자물쇠를 연 지 얼마 안 되어 경보기가 작동했고, 에드워드만 그 집에 갇히고 만다. 다른 일당은 모두 줄행랑치고 에드워드 혼자만 경찰에 체포된다. 하지만 그는 경찰서에서 어떤 질문을 받아도 절대 사실을 말하려 하지 않았다.

"나는 꾐에 넘어갔을 뿐."

그렇게 말해도 될 텐데……. 결국 도둑질을 했다는 오해를 받은 채 "산에서 혼자 자라서 선악에 대한 판단력이 모자라다"
는 이유로 석방된다. 돌아온 에드워드를 보고 킴은 달려와서 감
사의 말을 전한다.

"고마워."

"사실 거기는 짐의 집이었어." 킴이 정말 미안한 듯이 고백
한다.

에드워드는 작은 소리로 대답한다. "알고 있었어."

"뭐!? 그런데 어째서 도와준 거야?"

"네가 부탁했으니까(you asked me)."

마침내 크리스마스가 찾아온다. 오늘날 유일하게 신들의 세
계, 자연의 세계, 인간의 세계(혹은 현대 자본주의 사회)가 융합하는,
그런 신화적인 때인 크리스마스가.

> 크리스마스에는 죽은 사람의 영혼이 아니라 온갖 종류의 영
> 혼이 사회 표면으로 왈칵 흘러 넘쳐 나옵니다. …… 자본주의는
> 교환의 원리를 통해 부를 증식시키고 있지만, 크리스마스는 증
> 여의 원리에 의거하여 행복과 작물이 증식한 것을 축하하려 합
> 니다. …… 아직 실현되지 않은 우리들의 꿈을 크리스마스는 이
> 미 몇 십 년 전부터 실현해 보였던 것이 아닐까요.
>
> (나카자와 신이치, 『사랑과 경제의 로고스』, 동아시아)

이날 킴은 처음으로 '인간적 색안경'을 버리고 본연의 마음

으로 다른 세계의 주인인 에드워드를 본다(바로 '크리스마스의 효과'). 그리고 에드워드에게 상냥하게 "안아줘(hold me)"라고 말한다. 몹시 미움 받아온 에드워드의 '마음'이 통한 순간이다. 그렇지만 에드워드는 "그럴 수 없어(but I can't)"라고 말한다. 가위로 된 손이기 때문에 정말 좋아하는 사람을 안을 수 없는 것이다. 그래도 이날 킴은 "괜찮아"라며 상냥하게 에드워드의 어깨에 기댄다. 이렇게 해서 크리스마스 날, '다른 세계'와 '인간 세계'가 접근하는, 바야흐로 '기적'이 일어난다.

이야기를 슬슬 돌려야 하지만, 에드워드의 이 사심 없는 마음과 태도야말로 완고한 현대인 킴의 마음을 녹인 것이다.

"정말 그 사람의 마음을 갖고 싶다면 어떻게 해야 할까? 애초에 아무리 해도 돌아봐주지 않는 상대를 돌아보게 하려면?"

이 질문에 대한 답은 이미 에드워드가 대답해주었다 그러니 이 질문을 자본주의 사회에 대한 현대적 질문으로 응용해보고 싶다. "갖고 싶다"를 "물건을 사고 싶다"로 바꿔 놓는 것이다. 예를 들면, 정말로 우리 회사 제품을 사고 싶게 만들려면? 이런 식으로.

에드워드의 행동을 다시 한 번 재연해보자.

킴이라는 한 명의 여성을 향해 더없이 사랑을 쏟는다. 거기에 이해타산은 없다. 그 사람이 기뻐해주기만을 바라며 행하는, 철두철미하게 헌신적인 행위다.

물론 우리들이 살아가는 자본주의 사회에서 그렇게 하기란 어렵다. 그렇지만 비슷한 일이라면 할 수 있을 것이다. 즉 내 자신의 일로 말하면, 눈앞에 있는 책에 가능한 한 애정을 쏟는 것이다. 분명 다른 업종에서도 그 본질은 다르지 않을 것이라 생각한다.

에드워드는 현대인이 무척 잊기 쉬운 것도 확실히 가르쳐준다. '기적'은 무엇보다 크리스마스 날에만 일어나는 것이 아니라는 것을. 그 증거로 에드워드의 주변에서 '기적'은 일상처럼 일어나고 있다. 우리가 '기적'이라 부르는 〈언제부터인지 잊어버린 기쁨〉은 에드워드가 살아가는 세계에서는 〈평범한 일〉에 지나지 않는다.

그 〈평범한 일〉이 일상적이 되려면 할 수 있는 한 아주 새로운 마음으로 하루하루를 지내야 한다. 킴이 크리스마스 날에 '색안경'을 벗은 것처럼.

미시마샤를 예로 들어 말하자면, 이런 풍경이 나타나는 것과 같다.

한 사람이 가진 감각을 믿고 "이 책의 재미를 알아주세요", "이 책의 분위기가 가진 장점을 알아주세요"라며 한 권의 책을 서점으로 보낸다. 그 한 권을 서점 앞에 늘어놓는다. 그리고 이따금 지나가던 손님이 전혀 알지 못하는 출판사의 전혀 알지 못하는 책 한 권을 우연히 손에 든다. 그리고 무언가를 느낀다. "아, 이 책은 나를 위한 거야……." 이런 생각을 하면서 말이다.

이런 기적 같은 만남이 매일, 전국에서 일어나고 있다. 거짓말 같지만 거짓말이 아니다. 이에 대한 가장 좋은 증거는 미시마샤가 오늘도 존재한다는 사실이다. 아무도 모르는 출판사가 어찌어찌 유지하면서 확실히 살아가는 것은 매일 기적이 일어나고 있기 때문이다. 그래서 나는 마음 깊은 곳에서 이렇게 생각한다.

기적은 매일 매일 일어나는 것. 그것을 믿는 사람들에게라면, 반드시.

⇉

11

계획과 무계획 사이

4주년 감사 기획

2010.8.10

독자 여러분에게.
-미시마샤 사장 미시마 쿠니히로

어렸을 적 여름 방학은 보물 상자 그 자체였습니다.
하루하루, 한순간 한순간이 보물 상자에 담긴
보물이었습니다.
해수욕도, 수박 깨기도, 매미 잡기도, 저녁 바람을 쐬는 것도, 밤에 하는 불꽃놀이도, 책을 읽을 때도……. 어떤 일이든 보물을 손에 넣었을 때의 빛으로 흘러넘쳤습니다.
반짝반짝, 반짝반짝.
그때, 이 순간과 이 반짝임은 영원히 계속될 것이라고 생각했습니다.
어른이 되어도, 몇 살이 되어도, 반드시.

그렇지만 어른이 된 지금, 생각해보면 그런 여름날과 같은 날은 갈수록 줄어드는지도 모르겠습니다.
어제 미시마샤는 이바라키의 아지가우라로 합숙을 다녀왔습니다.
바다 옆에서 좋은 공기를 마시고 밀도 높은 기획회의를 하고,
락 페스티벌에서 Cocco 씨의 노랫소리에 황홀해하고, 독서를 하고, 회의하고,
걸신들린 양 마구 먹고, 별이 총총한 하늘을 올려다보고, 좁은 방에서 어깨를 맞대고 자고…….
그때 확실히 한순간 한순간이 반짝반짝 빛을 발하고 있었습니다.

그 빛은 어릴 때 느꼈던 것과 완전히 똑같았습니다.

합숙 중에, 그리고 합숙을 마치고 돌아온 뒤 깊이 생각해봤습니다.

그 '반짝반짝'을 전하는 것이 미시마샤를 늘 지지해주시는 독자들께 저희들이 할 수 있는 감사의 형태라고.

그래서 생각해냈습니다.

☆★☆미시마샤 4주년 감사 기획!!☆★☆

'미시마샤의 책을 선물하자' 이벤트!

합숙 중 '반짝반짝'하던 순간에 나온 이 이벤트에 그때의 한 조각 빛이 가득 차 있으리라 믿습니다.

이 이벤트와 미시마샤의 책을 통해 여러분에게 '반짝반짝'한 순간이 옮겨가기를 바랍니다.

"'미시마샤의 책을 선물하자' 이벤트에 대해"

'미시마샤의 책을 사서 누군가에게 선물'해주시면,

저희 출판사가 발행한 단행본 중에서 무엇이든 한 권 선물해드립니다.

독자분이 지인에게 한 권 선물해주시면, 저희 회사에서 독자분께 한 권 선물해드리는 이벤트입니다.

슬슬 지면도 적어졌다. 결론이 없는 책이긴 하지만, 내 나름대로의 생각을 모아 정리할 필요는 있으리라 생각한다.

'처음으로'라고 적었던 몇 가지를 확인해두고 싶다. 우선은 첫 번째. 어째서 나는 세상 사람들이 반대하는 것으로 보이는 방향으로 가려 하는가? 이 질문부터 시작하자.

　28세가 되기 직전인 2003년 5월 말, 보너스가 나오기 한 달 전에 회사를 그만두었다. 그리고 여행을 갔다. 그렇게 한 달 하고 몇 주 되자, 마음도 조금은 따뜻해졌다. 물론 그때 내가 여행을 무척 바란데다 그것이 나에게 필요한 일이기는 했지만, 당시 가족 중에 돈을 버는 사람은 나뿐이었다. 하지만 나는 그 점을 전부 잘 알면서도 그렇게 했다. 내가 조금이라도 계산적인 사람이라면 그렇게 하지 않았을 것이다.

　그러나 그때 나는 스스로에게 거짓말을 하면 안 된다고 생각했다. 계속 자신의 안에서 북받쳐 오르는 감정에 둔감해진 채 살아가던 것인지도 모른다. 지금 이 순간, 어떻게 해서든 움직여야 한다. 인생을 살아가면서 그런 순간은 반드시 온다. 그 순간에 이치나 이성, 계획적 판단 같은 것을 넘어서 움직일 수 있느냐 없느냐.

　몇 번이나 말하지만, 내가 그렇게 된 것은 아니다. 후회는 잔뜩 있다. 왜 그때 '미안'이라는 말 한마디를 하지 못했을까. 왜 그때 상대방의 기분을 생각하지 않았을까……. 그런 식으로 돌이켜보면, 부끄러운 일뿐이다.

　그렇게 실패로 가득 차 있지만 그런 결단을 내린 것은 잘한 일이었다. 당시에는 대부분의 사람이 이해해주지 않았지만, '정말' 잘했다고 생각하는 일이 몇 가지 있다. 그중 하나가 회사를 그만두고 갑자기 여행을 떠나기로 결단을 내린 것이다. 그리고 하나 더, '출판사를 만들자!'고 결정한 것.

그런 하나하나를 왜 하게 되었는지 생각하면서 이 책을 써왔지만, 집필하는 중간 즈음에 깨달았다. 인간의 자유에 대해서. 또 이야기가 벗어난다고 생각할지도 모르겠다. 하지만 책을 쓰면서 나는 자유란 어떤 것인가에 대해 내 나름의 발견을 했다.

사실 그다지 대단한 것은 아니다. 이것이야말로 원점회귀의 발견이었다. 우리들이 매일 일하는 땅, 바로 발밑에 그 답이 잠들어 있었으니까.

* * *

지유가오카自由が丘라는 동네는 문자 그대로 언덕 동네다. 조금 걸으면 비탈길이 나온다. 역에서 미시마샤로 향하는 길도 예외가 아니다.

역 앞에는 로터리가 있고 거의 중앙에 여신상이 자리 잡고 있다. 그 로터리를 나와서 바로 오른쪽으로 돌면 완만한 오르막이 눈에 들어온다. 한창 여름일 때 길을 따라가면 푸르른 초목이 차례로 눈에 들어오기 시작한다. 오르막 도중에는 벽돌로 된 작은 길이 가로지르고 있으며 작고 세련된 잡화점이 양쪽에 줄지어 늘어섰다. 언제 지나가도 사모님의 모습을 볼 수 있는 장소다. 그 주변에 서서 멀리를 보려 해도, 언덕길 너머까지는 보이지 않는다.

시선이 닿는 끝을 보면 언덕의 정상부근 우측에 큰 벚나무가 있다. 나뭇가지와 잎사귀가 길 너머까지 덮고 있고, 초봄에는 분홍색의 멋진 아치가 생겨서 왕래하는 사람들의 눈을 온화하게 만들어준다.

정확히 그 주변이다. 명확한 경계가 있는 것은 아니지만, 지유가오카의 계획적(비지니스적) 구역에서 무계획(비非비즈니스적·가정적) 구역으로 완전히 바뀌는 것은(오해를 사고 싶지 않지만, 이런 이름을 가진 공간이 실재하는 것은 아니다. 그저 내가 그렇게 부를 뿐이다).

오르막을 올라와서 계속 걷다보면 마침내 깨닫는다. 그곳이 무계획 구역이 되었다는 것을. 분명 공기가 느슨하고, 마음이 평온해진다. 언덕 꼭대기가 20미터 정도 이어지고, 다시 내리막이 된다. 내려가기 직전에 길을 왼쪽으로 돌아 150미터 정도 걸으면, 그 일대에는 단독주택이 줄지어 늘어서 있다. 초목이나 화단으로 잘 가꿔진 예쁜 서양풍의 집도 섞여 있지만, 오래된 목조 주택을 보는 경우도 적지 않다. 어쨌든 주택가밖에 없는 이 일대에서는 필연적으로 밤낮을 가리지 않고 정적이 흐른다. 생산활동과는 거의 상관없는 곳이다.

하지만 이런 장소라도 정적이 깨지는 때가 있다. 예를 들어 미시마샤의 이웃집에서는 때때로 아주머니의 목소리가 들린다. "미~짱, 미~짱." 오늘도 고양이가 근처를 산책하는 모양이다. 그런 조용함과는 대조적으로 휴일의 지유가오카 역 앞은 놀랄 만큼 사람들로 붐빈다. 유모차를 미는 가족 일행, 사모님으로 보이는 어머니와 묘령의 아가씨 콤비, 개를 데리고 온 중년 커플, 학생……. 이렇게 수가 많은데 잘도 다닌다고 생각할 정도로 많은 사람들이 좁은 길을 오간다. 그런 날에도 미시마샤가 있는 주택가 쪽이 떠들썩해지는 일은 좀처럼 없다. 평일이든, 휴일이든, 생활하는 사람에게 있어 그곳이 일상의 터전임에는 변함이 없다.

그렇지만 역 주변에서 쇼핑을 즐기는 많은 사람들은 언덕 너머에 주택가가 펼쳐져 있다는 것을 아마 모를 것이다.

역 주변에 있는 '지유가오카'라는 말이 갖는 기호에는 멋과 위트를 즐기기 위한 거리라는 의미가 숨겨져 있다. 그런 만큼 주택가라는 의미는 포함되어 있지 않다. 그것은 마치 눈에 비치는 풍경과 일치한다. 역의 로터리를 한 걸음 빠져나온 곳에서 보이는 오르막 꼭대기까지의 풍경. 이것이 관광객이 느낄 수 있는 '지유가오카'의 풍경이다.

물론 그것은 틀림없이 지유가오카 거리의 풍경이지만, 어디까지나 이 거리의 일부분에 불과하다. 언덕 너머에도 지유가오카가 이어져 있으므로, 나에게 있어 지유가오카는 그쪽에 있다. 활동의 중심으로써도 그렇고, 쾌적함을 느끼는 장소로써도 그렇다. 그곳은 눈에는 보이지 않는 공간이다. 말하자면 그쪽이 내가 자유롭게 움직일 수 있는 행동범위다.

이 길모퉁이는 갑자기 자전거가 튀어나오는 곳이므로 주의를 요한다. 해질녘 이 시간대는 차가 오고가는 정도가 심해진다. 오를 때 심장이 터질 것 같은 가파른 언덕은 때때로 자전거를 타고 내려오면 마치 시간여행을 한 기분이 된다. 수요일 아침 이 시간은 까마귀를 주의해야 한다. 이 일각에서는 다른 사람의 시선을 신경 쓰지 않고 멍하니 있을 수 있다…….

무계획 구역에 있는 공간에서는 거리가 내 몸의 일부가 된 것 같은 착각마저 든다. 나에게는 바로 여기가 자유의 언덕이다.

* * *

새하얀 종이 위에 선 한 줄을 그어본다

슥.

그어졌으면 다시 한 줄, 처음에 그린 선보다 왼쪽으로 옮겨서 그어본다.

슥.

그리고 처음 그었던 선을 계획선이라고 이름 붙이기로 한다. 이 계획선은 관습, 룰, 상식, 규칙, 질서, 효율성, 사회성 또는 방어(지킴), 분단주의라는 사항을 나타내는 선이다. 이 선보다 우측 부분은 반드시 지켜야 할 일 또는 이해하기 힘든 다수파의 생각이나 의견 등도 포함한다. 뒤집어서 말하면, 이 선만 지키면 나머지는 자유다.

그리고 두 번째 그은 선을 무계획선이라고 부르자. 이 선은 문자 그대로 무계획, 유연함, 돌발성, 충동, 비효율, 야생, 공격, 원점회귀라는 사항을 나타낸다. 이 선까지는 무계획으로 움직여도 괜찮다. 다만 그 선을 넘어가면 위험 영역이다. 첫 번째 선과 두 번째 선 사이에 있는 공간이야말로 자유의 공간이다.

여러분의 자유는 얼마나 넓습니까?

* * *

지유가오카라는 거리를 예로 들면 이렇다.

5년 전, 지유가오카 거리에 몇 번밖에 와본 적이 없을 때, 나에게 여기는 전혀 자유의 언덕이 아니었다. 오히려 자유롭지 못한 언덕이었다.

몇 번 출구로 나가야 로터리가 있는지도 몰랐고, 어떤 음식점이 있는지, 어떤 옷집이 있는지도 잘 몰랐다. 이 거리에서 내가 자유롭게 행동할 수 있는 범위는 역에서 내려 주변을 둘러봤을 때 눈이 닿는 거리 정도까지였다(정면으로 서점이 있고, 찻집이라면…… 체인점 찻집이 같은 줄에 하나. 이 외에는?). 당연하지만 무계획 구역의 존재 따위 알 리 없었다. 처음 방문하는 장소라면 당연히 그럴 것이다.

그랬던 것이 지금은 자유의 언덕이 되었다. 무계획 구역의 한 부분은 내 몸의 일부가 되어 행동의 폭을 넓혀주고 있다. 계획선에서 무계획선까지의 폭은 날이 갈수록 넓어져서 그 공간은 지금도 계속 확대되고 있다.

이런 식으로 거리가 친숙해지는 경험은 누구에게나 있을 것이다. 거리가 친숙해짐에 따라 자유롭게(대담하게 말하면 멀쩡히 눈뜨

위험

무계획선

자

유

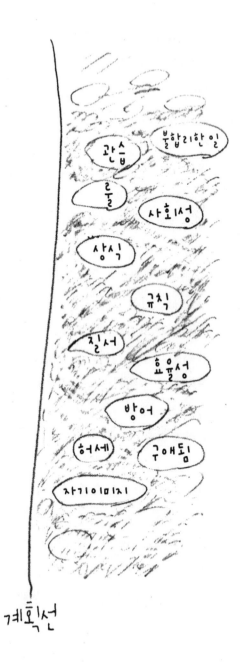

불합리한일

관습

룰

사회성

상식

규칙

질서

효율성

방어

허세

구애됨

자기이미지

계획선

고 생활하는 사람이 눈을 감고 있어도) 움직일 수 있는 범위가 넓어진다.

여기까지가 어떤 공간에서 자유를 획득하는 것에 대한 이야기다. 앞에서 '내 나름대로 발견을 했다'고 쓴 게 마침 이런 것이다.

지유가오카라는 곳을 걷다보니 어떤 공간에서 자유를 획득하는 것에 대해 생각하게 되었다. 그와 동시에 인생에서 자유를 획득하는 것에도 이러한 발견을 그대로 응용할 수 있지 않을까 생각했다. 어디 한 번 지유가오카라는 미지의 거리가 어떻게 해서 자유의 언덕이 되었는지 살펴보자.

반복하지만, 당시에는 알 리 없었던 무계획 구역이 있다는 것을 알고 마침내 나는 거기에서 쾌적한 장소를 찾아냈다.

어떻게 찾아낸 것인지 더 파고들어 보면, 제일 먼저 나오는 답은 여러 해를 지나는 동안에 그렇게 되었다는 것이다. 그리고 여러 해를 지내면서(또는 여러 해를 거기에서 일하면서) 그 땅이 어떻게 내 몸의 일부가 되었는지에 대해서는 감이 작용해서라고 말할 수밖에 없다.

그렇다. 즉 감각이 작용하는 범위가 늘어난 것이다. 오해를 사고 싶지 않지만, 오래 있었기 때문에 감각의 범위가 넓어진 것은 아니다. 물론 어느 정도는 그저 있는 것만으로도 몸에 익거나 감각이 연마되기도 한다. 하지만 막연하게 수동적으로 거기에 있기만 해서는 그 땅이 내 몸의 일부가 될 정도로 감각이 연마되지 않는다. 그 땅과 그곳에서 보내는 나날을 사랑하고,

그 사랑에 기반한 형태로 능동적으로 행동하여, 불필요하다면 불필요한 움직임마저도 행동에 옮김으로써, 감각이 연마되고 땅이 내 몸의 일부가 되는 것이다. 그 결과, 문득 깨닫고 나면 감각이 작용하게 되어 있다. 말하자면 자유란 자신의 감각이 제 기능을 잘 발휘하는 상태라 할 수 있다. 반대로 말하면 감각이 작용하는 범위 내에 있기 때문에 사람은 자유로울 수 있다.

무계획의 선은 자신의 감각이 작용하는 거리, 자신의 후각이 기능을 발휘하는 거리까지 사람을 이끌고 간다.

그렇게 생각하면 왜 갑자기 회사를 그만두고 여행을 떠났는지, 왜 갑자기 출판사를 만들자고 생각하게 되었는지가 명확해진다. 지금까지 써오기로는, 이성적 판단보다 내적 행동에 이끌려서라는 식으로 표현했다. 그것을 지금 말한 발견으로 설명하자면, 감각이 그렇게 하라고 시켰기 때문이다.

그리고 강렬한 감각에 따랐기 때문에 무계획 선이 늘어나서, 내 안의 자유 구역이 넓어진 것이라고 생각한다. 그렇기 때문에 후회도 하지 않은 것이다. 계획선을 그어서 얻을 수 있는 것은 돈이나 물질 같이 눈에 보이는 것에 지나지 않지만, 무계획선을 그어서 얻을 수 있는 것은 '자유' 그 자체이기 때문이다.

* * *

원래 인생이란 처음 겪는 것의 연속이 아닐까.

어딘가에서 이렇게 썼다. 회사원이 되어 모르는 사이에 점점 '경험'으로 메꾸는 버릇이 들었을지도 모른다고도 썼다. 그것은 지금 다시 생각하면 감각을 마비시켜 자유를 잃고 있었다고 바꿔 말할 수 있을지도 모른다.

본래 처음 하는 일에 대응할 때, 의지할 것은 자신의 감각밖에 없을 것이다. 처음 발 디딘 외국 땅에서 보이지 않지만 어딘가에 있을 터인, 나에게 딱 맞는 숙소를 찾아낼 수 있을까, 재정적으로도 안전면에서도 최적인 곳을 찾아낼 수 있을까. 그것은 정보수집능력이 아니라 감각 승부라 할 수 있다(거짓말이 아니다. 가이드북을 보고 묵은 숙소에서 나는 몇 번이나 매운 맛을 봤지만, 현지에서 자신의 눈으로 보고 느끼고 납득한 숙소에서는 놀라울 정도로 그런 실패를 하지 않았다).

즉, 무계획 선을 지탱하는 것은 감각인 것이다. 감각이 무계획의 선을 멀리까지 늘려준다.

단 한 가지 주의해야 할 것이 있다.

자유롭기 위해 계획선은 필요 없는 게 아닐까. 감각에만 의지해서 무계획선을 늘려나간다면 충분히 자유를 얻는 것이 아닐까. 이런 의문을 가진 사람이 있을지도 모른다.

하지만 나는 그 생각이 틀리다고 생각한다.

계획선이 없는 상태. 이것은 끈 떨어진 연 같은 것이다. 그럴 경우 연은 바람을 타고 어디까지나 날아갈 수도 있지만, 반대로 어디로 날아갈지 알 수도 없다. 되돌아올 장소도 없다. 요컨대

컨트롤이 불가능하다. 그것은 자유라고 할 수 없다. 단순한 폭주다.

계획선이 그어져 있으면 연에 연결된 실처럼, 그것이 있기 때문에 연은 원래 위치로 돌아올 수도 있고 주변 사람들을 즐겁게 해줄 수도 있다.

폭주는 아무도 행복하게 하지 못 한다. 물론 자기 자신도. 사람이 자유를 느끼면서 살아간다는 것도 이런 연날리기와 크게 다르지 않을 것이다.

'계획과 무계획 사이'가 흔들릴 때, 사람은 처음으로 자유를 느끼기 쉽다. 그리고 흔들리는 두 선의 간격이 넓어지면 넓어질수록 자유로운 정도는 더 높아진다. 이것이 지난 5년간을 돌아보는 와중에 얻을 수 있었던 내 나름의 발견이다.

이 발견 이후, 모르는 것 투성이였던 자신에 대한 것, 회사에 대한 것, 사회와 자신의 관계 같은 것을 조금은 알게 된 것 같다.

* * *

후회하는 일, 실패한 일, 잘된 일 전부를 포함한 '한 번 일어난 일'이든. 계속 불황이라 말했던 시대 환경이든. 원래 1년에 한 번 바뀌는 총리가 1개월에 한 번 바뀌게 되었든. 글로벌 자본주의가 얼마만큼 강권을 휘두르든. 편차치나 수입이나 연령이라는 숫자가 얼마나 활개 치며 당당히 굴든. '종이가 없어진다'

며 노래하는 합창단이 얼마만큼 소리 높여 외치든. 그것들은 전부 계획선 안쪽에 넣어버리면 그만이다.

그리고 그만큼 무계획선을 늘리는 것이다. 숫자로는 절대로 젤 수 없는 무계획선을.

그리하면 그것은 틀림없이 세계를 확장시킨다. 그리고 분명 그것만으로도 본질적 의미에서 세계는 확장된다.

아마도 나라는 개인과 미시마샤라는 법 '인' 둘은 계획선에 구애 받기보다 무계획선을 계속 늘려나가려 하면서 5년 동안 달려왔다는 느낌이 든다. 그리고 이 '세계와 연결된 것 같은 감각'은 나에게 있어서 세계가 회복되고 있다는 표현과 가장 잘 어울리는 것이기도 하다.

들어가는 말에 썼던 '지유가오카 거리에 내려 쌓인 슬픔'은 결코 거리를 어둡게 가라앉히지 않았다. 그 슬픔은 자유를 개척하는 감성이 되어 개인의 내면으로 돌아온다. 그렇게 해서 새로운 생명을 얻은 감성은 자유의 언덕에 새로운 빛이 되어 그 모습을 드러낸다.

언젠가 나타날 것이 아니다. 매일 나타난다.

계획과 무계획 사이에서 흔들리는 것을 두려워하지 않고 계속 행동하는 사람들의 곁으로. 언제나 부드러운 온기를 갖고.

용기를 주는 출판사 이야기

당초 이 책은 혁명의 책이 될 예정이었습니다. 한계, 막다른 곳 투성이인 세상에서, 이대로는 안 된다는 것만은 다들 왠지 모르게 알고 있습니다. 하지만 어떻게 바꿔 나가야 할지를 모릅니다. 또는 마음을 바꿔 먹는다 해도 상황이 더 나빠지는 것은 아닐까, 그런 불안이 스쳐 지나가면 결국 도저히 행동하지 못하게 됩니다. 아마 지금 일본을 뒤덮은 분위기는 이런 것이 아닐까 생각합니다. 그렇게 생각하던 어느 날, 동일본대지진이 일어났습니다. 그날을 기점으로 일본은 마치 다른 사회인양 모습을 바꾸게 되었습니다.

그날 이후 일어난 실제 사건에 대해서는 여기에서 쓰지 않겠습니다. 그저 한 가지, 시간이 지나면서 강렬하게 느낀 바가 있습니다. 이 불행이라 할 수밖에 없는 사건에서 우리들이 배울 수 있는 것은 무엇일까. 그 의문에 대한 답은 이런 것이었습니다.

"변혁해야 하지만 지금까지 미루었던 것들을, 무슨 일이 있든 해야 한다."

즉 이제 눈앞의 일에만 매달리는 것은 그만두자. 그러한 의지를 갖고 행동하는 것만이 이 사건을 불행에서 구할 유일한 방법이 아닐까 생각한 것입니다. 그렇게 생각하자 좌불안석이 되어, 혁명의 책을 써야겠다는 충동에 사로잡혔습니다. 이 책 안에서 몇 번이나 말했던 그 충동입니다. 그런데 실제로 글을 쓰기 시작하자 금방 모른 체하기 어려운 의문이 저를 덮쳤습니다.

지금 필요한 것은 정말 혁명일까?

그런 생각을 하자 어떻게 해야 할지 도무지 알 수가 없었습니다. 그래서 편집자로 일하는 친구 Y에게 상담했습니다. 그러자 Y는 "미시마샤의 일을 현재진행형의 이야기로, 그대로 쓰는 게 어때"라고 강하게 권유했습니다. 그러면 용기를 얻어서 무언가를 시도할 사람이 많아질 게 분명하다며.

하지만 그때에만 해도 그것은 생각지도 못한 일이었습니다. 우리 회사의 이야기를 책으로 만든다니……. 특별히 실적이 있는 회사도 아닌데……. 있을 수 없는 일이었던 것입니다.

그렇지만 회사를 세우자고 마음먹고 나서 지금에 이르기까지 배운 것 가운데 하나가 막다른 길에 다다랐을 때는 주변의 조언을 따르라는 것입니다. 실은 '미시마샤'라는 이름, 창업에서 원점 중의 원점이 되는 이름도 친구가 지어주었기 때문입니다.

2006년 여름. 회사를 만들자고 결심했지만 가장 중요한 이름이 잘 정해지지 않았습니다. 개인적으로 생각할 수 있는 회사명은 완전히 바닥이 난 상태였습니다. "좋아, 나왔다!"라고 생각해도 따지고 보면 졸작들 뿐. 그때 편집자로 일하는 다른 친구 N이 우리 집에 놀러 왔습니다. 깊은 밤, 곤드레만드레 취해버린 N은 갑자기 "그래서 회사명은 어떻게 된거야?"라고 물었습니다.

"아니, 그게"라고 말을 못 잇자 속을 끓이던 N은 일갈했습니다.

"네가 하는 거니까 미시마샤 하자."

"에, 뭐라고~. 내 이름은 할 수 없어."

"왜에? 그게 좋다고"라고 말하는 N의 눈은 담대했습니다.

이거 반론할 수 있는 분위기가 아니네. 이렇게 생각하고 있는데 마침 교토에서 와 있던 대학 시절 친구인 M도 "그거야!"라고 찬성하는 게 아니겠습니까.

그런가, 이 두 사람이 말하는 거라면, 괜찮을지도.

이렇게 처음으로 '미시마샤'라는 가능성이 있다고 생각한 것입니다. 결과적으로 이 판단은 정말 다행이었다고 생각합니다. 왜냐하면 창업 후에 회사 이름이 좋다는 말을 많이 듣기도 했고, 거기다 지금의 로고도 이 이름이 아니었으면 나오지 않았을 테니까요. 그때 친구가 그렇게 하라고 말해주지 않았다면 어땠을지 상상하면 간담이 서늘해집니다. 막다른 길에서 눈이 뒤집혀 있던 나는 이런 회사명을 기다렸다고 해도 전혀 이상하지 않았기 때문이죠.

'이상한 서원書院.'

거 참, 언제나 답은 발밑에 있는 법이군요.

이러한 과거의 교훈을 살려서 이번에 집필할 때도 Y의 조언을 따르게 된 것입니다. 우리 회사의 일을 책으로 만든다는 생각의 봉인을 풀자고. 그렇게 쓰기 시작한 타이밍에 이 책의 제목이 된 '계획과 무계획 사이'(이 책의 원제—옮긴이)라는 말이 어딘가에서 문득 떠오른 것입니다.

그때 처음으로 미시마샤의 5년 동안의 일과 '원점회귀'나 '야생의 감각'처럼 아무렇지 않게 입에 올린 것의 의미가 제 안에서 조금씩 형태를 갖춰가는 것을 느낄 수 있었습니다.

그렇게 어렴풋이 알게 된 감각에만 의지해서 약 1개월 반, 무계획으로 써온 것이 이 책입니다. 지금 단계에서는 이것이 좋은 주루일지, 폭주하는 것인지는 도저히 판단할 수 없습니다. 다만 좋은 주루이기를 바랄 뿐입니다.

어찌되었든 이것을 쓰는 사이에도 미시마샤는 회전과 역회전하는 나날을 되풀이하고 있었습니다. 완전히 무계획으로 시작한 교토·조요 사무실의 앞날에 대해서는 너무 계획이 없는 관계로 도저히 예측이 되지 않습니다. 다만 '도쿄 일변도인 출판 미디어의 현 상황을 타파하고 싶다. 그 일타가 되기 위해 돌주해야 한다'. 이런 의지만은 확고합니다. 이번에도 누구에게 부탁받지도 않았으면서 '출판의 미래를 위해서 어떻게든 해내야 해!' 하고 스스로를 고무했지요. 과연 이 무계획적 행동은 어떻게 될까요. 언젠가 보고할 기회가 있기를 바라고 있습니다.

무엇보다 이러한 회전사례만이 아니라 역회전도 일어나고 있습니다. 마침 이 책의 집필이 끝났을 때, 미시마샤 네 번째 멤버인 오오코시 씨가 퇴사하고 자유기고가가 되었습니다. 원래 편집자보다도 작가를 희망했기 때문에 미래를 향해 크게 전진하고 싶다고 말했지만, 창업 이래 초기 멤버가 퇴사하는 것이니 섭섭하지 않을 수 없습니다. 지금은 그저 앞으로 잘 활약하기를 바랄 뿐입니다.

* * *

마지막으로, 본문에서는 "출판사를 만들자!"고 어느 날 생각하여 열정적으로 돌파해온 것처럼 썼습니다만 그게 전부는 아닙니다. 예를 들어 얼마만큼 강렬한 의지가 있더라도 그것을 '진실'로 만들어주는 스승이 없다면 절대 일이 진행될 수 없다고 생각합니다. 창업을 생각했을 때 맨 처음 상담을 드렸던 분이 우치다 타츠루 선생님이었습니다. "출판사를 만들려고 합니다"라고 갑자기 꺼낸 말에 선생님은 말 그대로 간발의 차이로 "그거 괜찮다고 생각해요"라고 단언해주셨습니다. "어떤 출판사를 만들려고 하는지" 뭐라 설명하기 전에 말이죠. 그때 선생님이 결연하게 말씀을 해주셨기 때문에 미시마샤를 해나갈 각오를 강하게 다질 수 있었습니다. 우치다 선생님께는 말로 다 할 수 없을 만큼 감사할 따름입니다. 언제나 정말로 감사드립니다. 앞으로도 정진하겠습니다.

이 책을 집필할 때 편집자 야마다 쿄코 씨의 격려가 얼마나 힘이 되었는지 모릅니다. 또 미시 매거진에서 연재하는 '미시마샤 이야기'를 매회 교정해주고 계시는 외주 편집자 아다치 아야코 씨에게는 자료 수집으로 폐를 끼쳤습니다. 두 분에게 특별히 감사의 마음을 전합니다.

이 책의 발간을 결정해주신 카와데쇼보신샤河出書房新社 여러분. 그중에서도 출판인으로서 평소에 경애하는 오노데라 유우 씨, 그리고 편집 대선배이신 아베 하루마사 씨에게는 무척 신세졌습니다. 정말로 감사드립니다.

또『생물과 무생물 사이』의 저자 후쿠오카 신이치 선생님께서는 이 책의 제목을『계획과 무계획 사이』로 하는 것에 대해 흔쾌히 "그러세요"라고 말씀해주셨습니다. 졸저가 명저의 이름을 더럽히지 않기를 바랄 뿐입니다. 정말 감사드립니다.

진짜 마지막으로.

이 책에 등장해주신 여러분, 지난 5년간 미시마샤를 지탱해주신 모든 분들, 미시마샤와 얽혔던 모든 분들에게 감사합니다. 저자 분들, 인쇄소, 조판소의 모든 분들, 디자이너 분들, 우리 책을 독자에게 전해주셨던 서점 직원 분들……. 여러분이 있어서 할 수 있었던 출판활동입니다. 감사하기 그지없습니다. 물론 미시마샤의 "무법자" 멤버들에게도. 고마워! 앞으로도 잘 부탁해! 그리고 진짜 마지막의 마지막으로. 미시마샤의 책을 손에 들어주신 독자 여러분. 미시마샤가 오늘도 존재할 수 있는 것은 틀림없이 여러분이 이 한 권을 손에 잡아주신 덕분입니다. 정말, 정말로 감사합니다!

앞으로도 한 권에 혼을 담아서!

2011년 9월 6일
미시마 쿠니히로

계획과 무계획 사이
번외편

2014년 3월 7일. 드디어 나는 드래곤이 되었다. 말할 것도 없다. 드래곤이란 그 드래곤, 이소룡 선생의 이명이다. Don't think, feel(생각하지 마라, 느껴라). 나에게는 선생의 말을 누구보다도 충실하게 실행했다는 자부심이 있다. 개인으로서만이 아니라 회사에서도 실천해왔다. 어떤 때는 숙소를 정하지 않고 합숙을 하고, 쥐가 뛰어다닐 것 같은 오래된 집을 사무실로 삼아 매일같이 야생을 느껴왔다. 이 모든 활동은 선생의 가르침을 실천하는 일환이었다.

　물론 창업 시에는 이런 저런 감각을 중시하기 마련이다. 경험이 없는 만큼 감각으로 돌파하는 수밖에 없기 때문이다. 하지만 숙소를 정하지 않고 출발한 합숙으로부터 5년 정도 지난 지금도 선생의 가르침은 완고하게 지키고 있다. "그냥 'feel'이 왔으니까"라고 말할 수밖에 없는 이유로 판단한 일이 지난 5년 사이에 몇 가지 있었다.

예를 들어 2011년 4월부터는 교토부 조요시에도 사무실을 마련했다. 여기도 단독주택인데, 야생의 감각이라는 측면에서는 지유가오카의 오래된 단독주택을 훨씬 능가한다. 지은 지 50년이 넘은 지유가오카의 오래된 집과 비교하면 상대적으로 꽤 신축이다. 구조도 잘 나왔다. 다만 주변의 야생 정도가 전혀 다르다. 대충 비교해보자.

지유가오카 사무실: 정원에 감나무 있음. 도보로 약 5분 거리에 어린이 공원 있음.

조요 사무실: 옆에 차밭 있음(여름에는 분뇨 냄새 추가). 걸어서 1분 안 되는 곳에 커다란 고분 있음(어째서인지 부지 내에는 농구공과 밭 있음. 여름에는 펜스를 따라 파가 자란다. 자연 현상인지 아닌지는 불명).

어쨌든 조요 사무실은 야생의 감각을 단련하기에는 더할 나위 없는 곳이다. 2012년 5월부터는 집도 조요시로 이사해서 매일 고분을 곁눈질하며 통근하게 되었다. 이렇게 해서 일상 속에서 야생과 접촉하는 환경이 되었다. 당연히 내 feel력도 올라갔음에 틀림없다. 그러한 생각을 바탕으로 한 어느 날, 나는 '드래곤'이 되었다. 그것은 내 feel력을 시험할 절호의 기회이기도 했다.

〈어둠 속의 대화〉. 타인의 얼굴은 물론 자신의 손끝마저 보이지 않는 새까만 암흑 속에 한 시간 가까이 있는 것이다. 그러한 체험을 해보지 않겠느냐며 지인에게 권유받았을 때, 나는 그 자리에서 〈용쟁호투〉의 마지막 장면을 떠올렸다. 사방팔방에 유리를 끼운 공간. '철손톱'이 언제 어디에서 튀어나올 지 알 수 없다. 눈앞의 거울에 '철손톱'의 모양이 비친다. 눈으로 보자마자 뒤돌아본 방향으로 킥을 날린다. 그런데 기다란 철손톱이 튀어나와서 이소룡의 근육이 우람한 가슴팍을 스친다. 사방팔방이 거울인 공간에서는 눈앞에 비친 적의 모습이 어느 쪽을 반영하는지 즉시 알 수 없다. 시각정보에 매달리는 한 상대보다 늦고만다. 가슴팍이나 등에 자상을 입은 이소룡은 마침내 눈을 감는다. 육안에서 심안으로. 그렇게 드래곤은 철손톱이 있는 곳을 감지하여 훌륭하게 사바테 (프랑스식 킥복싱—옮긴이)를 명중시킨다.

아마도 〈어둠 속의 대화〉에서는 심안이 필요할 것이다. 나는 그런 가설을 갖고 행사장으로 향했다.

당일. 6명의 참가자와 함께 암흑 체험이 시작되었다.

접수처를 지나고 우선은 살짝 어두운 공간에 들어간다. 잠시 어둠에 눈을 익숙하게 하고 드디어 새까만 방으로 이동한다. 참가자들이 일제히 안절부절못하며 꿈틀거렸다. 공포심. 아마 나만이 아니라 모두가 가벼운 패닉을 일으켰을 것이다. 여기에서 진행 역할을 맡은 눈이 안 보이는 여성이 제안을 했다.

"여러분, 이름을 알려주세요. 닉네임이라도 괜찮습니다." 확실히 앞으로는 소리에만 의지해서 나아가게 된다. 그러니 잠깐이라도 손이 닿은 사람이 누구인지 아는 게 든든하다. 단순한 '타인'인가 아니면 '후쿠짱'인가 '센베 씨'인가는 안심이 되는 정도가 전혀 다를 것이다.

암흑 속에서 참가자가 스스로 닉네임을 밝혔다. '미키', '욧세', '아오짱', '신페이'…… . 나는 망설임 없이 말했다.

"드래곤입니다."

계속해서 진행자가 지시했다. "부딪친다든가 누군가 앉아 있는데 밟는다든가 그런 일이 없도록 앉을 때나 걸을 때는 '쿠마, 앉습니다!', '센베이, 걷습니다'라고 이름을 말하고 행동해주세요." 과연, 소리로 자신의 움직임을 다른 사람에게 전하는 것인가.

한 걸음은 고사하고 반 걸음, 아니 발끝이나 내 코끝마저 전혀 보이지 않는다. 그래도 소리를 내면서 행동하면 괜찮아질 것이라 생각한 순간, 조금은 공포에서 해방되었다.

나아가는 와중에 알았지만, 이 공간에는 복도가 있고 툇마루가 있고 뜰이 있고 코타츠(일본에서 쓰이는 온열기구로 나무로 된 탁자에 이불 등을 덮은 것—옮긴이)가 있었다. 툇마루에서는 한 걸음 잘못 디디면 떨어질 가능성도 충분히 있었다. 그러지 않으려면 전신의 감도를 최대한 올려야 한다. 조금이라도 feel을 놓친다면 기다리는 것은 단하나, 드래곤 위기일발…… .

결론부터 말하면 위기는 모면했다. 〈용쟁호투〉 같은 심안이 이때다 하고 발휘되었다……는 것은 아니다. 드래곤은 어떻게 해서 무사할 수 있었을까?

시각 이외의 오감을 활용해서일까? 후각으로 코타츠의 위치를 찾아내서 촉각으로 높이의 차를 헤아린 후 맛을 느끼는 기관인 미각으로 뜰을 알아낸다는 식으로.

당연하지만 그런 대단한 행위는 가능하지 않았고 과연 가능한 지도 모르겠다. 나에게는 그렇게 말할 자격이 전혀 없다. 왜냐하면 드래곤은 오로지 청각과 말에 의지해서 그 장소를 지나쳤기 때문이다. 허세도 체면도 없이 생각해보면, 나는 그저 크게 소리 지르고 있었다.

"드래곤, 일어섭니다~"

"드래곤, 오른쪽으로 걷습니다."

뭐, 이 정도라면 암흑초심자에게 당연한 일일지도 모른다. 그렇지만 드래곤의 입은 어느새 닫는 것을 잊고 있었다.

"드래곤, 귤을 먹습니다."(하나하나 말할 필요는 없을 텐데.)

한심하게도 후각 같은 다른 감각을 사용하자는 생각은 완전히 뒷전이었다. 예를 들어 옆 사람이 누구인지, 공기에 섞인 냄새나 미립자의 흔들림 같은 것으로 판단할 수도 있었을 것이다. 그렇지만 '드래곤'은 오로지 소리를 낼 뿐이었다.

"드래곤 여기에 있습니다~ 옆에는 누가 계신가요?"

"후쿠짱입니다."

"오, 후쿠짱인가요?"

생각하지 말고 느껴라. '드래곤' 이소룡 선생의 가르침은 어디로⋯⋯. 이때의 드래곤 미시마는 진짜 드래곤으로 말하자면 이런 느낌이 아니었을까.

"드래곤, 쌍절곤 휘두릅니다~"

"돌려차기, 조금 크게 갑니다~"

"드래곤, 철손톱한테 펀치 맞았습니다~"

얼마나 시각과 말에 의지했던가. 내 feel력의 바닥을 알게 되었다. 드래곤을 향한 길은 아득하게 멀었다.

행사장을 뒤로 한 나는 녹초가 되어 힘이 빠져 있었다. 한편으로 '아아, 역시'라는 생각이 들었다.

사실 지유가오카 사무실과 조요 사무실, 즉 거점이 두 개인 체제가 되고 나서 몇 년 사이에 때때로 중요한 무언가를 잃어버린 것 같다고 느끼곤 했다. 그것은 다름 아닌 바로 감각이었다.

사실 앞에서 말한 것처럼 야생의 감각을 단련하는 데 안성맞춤인 환경으로 옮겨서 지유가오카에만 있을 때에는 맛보지 못했던 야생을 체험할 수 있었다.

아무도 들어오지 않는 고분 중심부에 들어가면 1,500~1,600년 전의 고대로 시간이동한 것 같은 느낌이 든다. 고분 옆으로 뻗은 옛 나라 가도는 차 소리도 사라져 고요하다. 울울창창한 나무들 사이에서는 작은 잎사귀 너머로 햇빛이 쏟아지고, 어딘가에서 짐승이 튀어나와도 이상하지 않다. 그렇게 생각하자 무서워져서 곧바로 괜찮다고 스스로를 타일렀다. 썰렁한 공기가 일상과는 동떨어진 별세계에 있다는 것을 알려준다. 내가 서 있는 땅 바로 아래에는 이 주변 일대에서 세력을 떨쳤던 호족이 잠들어 있을 것이다. 유감스럽게도 그 사람들의 소리를 듣는 것은 나에게는 불가능했지만, 대신에 자신이 녹아내리는 것 같은 감각을 맛보았다. 새가 우짖는 소리는 멀리에서 들려오는 것 같기도 하고, 자신의 내부에서 들려오는 것 같기도 하다. 고분의 중심으로 한 걸음 내딛어 들어갔을 때에 느낀 공포심은 더 이상 없다. 발끝의 흙도, 상공에 펼쳐지는 하늘도, 둘러싼 나무들도, 거기에 있는 새들도, 숨어서 보이지 않는 짐승들도 모두 연결되어 있다. 모든 것이 혼연일체가 되어 나는 그 안에서 그저 흔들리는 것만으로도 좋다고 느끼기도 했다. 그러고 난 직후에 〈어둠 속의 대화〉를 체험하고 나니 조금은 진짜 드래곤에 가까워졌는지도 모른다.

그렇지만 고분의 중심에서 마음껏 개방시킨 오감을, 편집에서 살릴 기회는 많지 않았다. 어째서 그랬는지 여기에서 말하면 길어지므로 생략하겠다. 한 가지만 말하자면 편집이 중점적으로 이루어지는 곳은 지유가오카였기 때문이다. 고분에서 얻은 감각을 금방 살리기에는 지유가오카가 너무 멀었다. 조요에서는 주로 '서점'을 다니거나, 이벤트를 여는 등 편집 이외의 업무가 중심이었다. 거기에서는 물론 '고분에서 느낀 감각'을 충분히 살렸지만, 편집에 있어서는 그런 기회를 잃었다. 하지만 출판사에서 '한 권'을 편집하는 일은 다른 것보다 더 중요한 비중을 차지한다. 본업에서 열린 감각을 충분히 발휘하지 못하면 당연히 스트레스를 받는다. 그 상황이 길어지면 반대로 원래 갖고 있던 본업에서의 감각도 약해진다. 바나나의 일부분이 썩으면 그 주변도 썩어가면서 썩은 부위가 넓어지는 것처럼, 감각이 약해지면 그 또한 온몸으로 확산된다. 그 결과 야생의 감각을 향상시키려 했던 시도가 원래 가지고 있던 감도를 저하시킨다. 그런 일이 현재 나에게 일어났다.

생각하지 않아도 판단하고 행동할 수 있었는데 그게 잘 되지 않는다. 그 결과 불필요하게 생각해버려서 반대로 행동이 둔해지고 만다…….

돌이켜보면 이유는 분명했다. 아마 무계획선을 넘어버려서 그
런 것이다.

감각을 펼치려면 스스로의 감각을 믿고 무계획선을 넘을 듯 말
듯한 행동을 되풀이할 수밖에 없다. 나도 계속 그렇게 살아왔다.
그런데 이번에는 어찌 된 일인지 선을 넘은 채 돌아오지 못했던
것이다. 그러자 마침내 원래 가졌던 감각마저 잃어버릴 지경에 이
르렀다.

"아아, 역시." 이렇게 생각한 것은 내가 감각을 잃어버렸을 지
도 모른다고 이전부터 생각했기 때문이다. 물론 지금은 그렇게 생
각할 만큼 계속 감각을 회복시켜나가는 과정에 있다. 스스로 조금
이라도 그렇게 느낀다.

무계획선을 날아서 넘어버리면 어떻게 될까. 그리고 거기에서
어떻게 돌아와서 잃어버린 감각을 회복시킬 수 있을까. 애초에 돌
아오고는 있는 걸까? 이에 대해서는 언젠가 다른 형태로 쓰고 싶
다. 지금은 그 내용이 완전히 정리되지 않았지만, 나를 위해서도
그것은 필요한 일이라 생각한다. 어찌되었든 몇 년간 이러한 경험
을 겪고, 감각을 잃어버리는 것 같은 체험을 하면서 나는 거듭 확
신하게 되었다.

무언가를 할 생각이라면 어떻게 해서든 계획과 무계획 '사이'
에서 살아야 한다. 즐거운 나날을 보내고, 계속 창조적인 일을 하

고, 회사가 계속 재미있고, 대단하지 않은 일상을 풍부하게 만든다…… . 이러한 나날을 보내려면 어떻게 해서든 계획과 무계획 사이에서 살아야 한다.

계획선 안에만 있거나 무계획선의 바깥에만 있으면 감각은 둔해진다. 그 '사이'에서 머무르는 것, 또는(이렇게 말하기보다 가능하면) 그 '사이'에서 계속 표류하는 것이 중요하다.

이 점을 수년간 내 몸으로 증명했다. 거짓말이라고 의심하는 분은 부디 시험해보셨으면 한다. 무계획선을 날아 넘어가 위험 구역을 헤매어 보시길. 단, 계획과 무계획 '사이'에서 확실히 감각을 단련한 뒤 뼈대가 굵어지고 나서 도전하기를 권장한다.

무계획선의 너머에서 귀환하는 것은 예상 외로 큰일이랍니다. 가는 것은 괜찮지만 오는 것은…… . 허 참. 일단은 내가 먼저 생환하지 않으면 말할 자격이 없지만.

그런 이유로 오늘은 여기까지. 무계획선 위에서 보내는 번외편 보고서는 이것으로 막을 내리겠습니다.

단행본이 발간되고 나서 이제 곧 3년이 지나려 하고 있습니다. 이 책을 냈을 때에는 설마 이게 문고판으로 나올 거라고는 꿈에도 생각지 못했습니다.

이렇게 생각한 이유는 두 가지입니다. 첫 번째는 이 책은 이런 형태 말고는 나올 수 없다고 생각했기 때문입니다. 하얗고 질감 있는 종이에 은박을 입힌 커버. 표지에는 제가 손으로 그린 '계획과 무계획 사이' 그림. 제목의 일부가 띠지에 숨어 읽을 수 없어 아마추어 느낌이 물씬 나는 디자인. 장정가 요리후지 분페이 씨의 의도가 어디에 있었는지는 알 수 없지만, 이 책의 옷으로 이 이상의 것은 없다고 절대적으로 확신했습니다.

거기다 내용면에서도 혼을 불어넣었다고 느꼈습니다. 이 단계에서 더 이상의 내용이 나오기란 아무리 머리를 짜내도 무리였습니다. 그런 의미에서 겉모양도 내용도 이게 최상의 상태라 생각했기 때문에 단행본 형태로 계속 읽히기를 바랐습니다. 물론 지금도 그 생각에 변함은 없습니다.

한편 많은 분들이 책을 읽어주셨다는 것을 실감했습니다. 문고판으로 나올 거라 꿈에도 생각 못 했던 또 하나의 이유는 이렇게까지 폭넓게 읽히리라고는 상상하지 못했기 때문입니다. 개인적으로 해냈다고 느낀 것과 그것이 널리 읽히는 것은 완전히 다른 차원의 이야기니까요.

그리하여 지금 문고판이 나오지 않았다면 평생 만날 일 없었을 분들도 많이 계실 게 틀림없습니다. 그렇게 생각하면 이렇게 작은 형태의 책이 된 것은 굉장히 기쁜 일입니다. 처음 뵙는 모든 분들, 읽어주셔서 감사합니다. 단행본과 문고판 두 개를 다 손에 들어주신 분들, 다시 만나 감개무량입니다.

이런 새로운 만남이나 재회가 가능했던 것은 전적으로 수많은 분들이 단행본의 빛을 밝혀주셨기 때문입니다. 그분들의 존재를 생각하지 않고서는 있을 수 없는 일입니다. 새로운 생명을 탄생시켜 주셔서 감사합니다.

마지막으로 흔쾌히 해설을 맡아주신 우치다 타츠루 선생님께 진심으로 감사의 말씀을 드립니다.

2014년 6월의 좋은 날
미시마 쿠니히로

추신

단행본 출간 이후 3년이 흘러, 현재 미시마샤의 상황과 다른 일도 많이 있습니다. 또 글을 보면 표현이 서툴러 보이는 곳이 드문드문 보입니다. 하지만 이 책은 그 시점에서 태어난 하나의 생명이라고 생각하므로 개정증보는 최소한에만 그쳤습니다.

해설

내가 본 미시마라는 편집자

미시마 군과 처음으로 만난 것은 그가 아직 첫 출판사에 있을 때의 일입니다. 그때는 저도 『망설임의 윤리학』과 『'아저씨'적 사고』밖에 낸 책이 없었고, 미시마 군은 연락을 취해준 몇 명의 편집자 가운데 한 사람이었습니다. 당시에 딸이 도쿄로 떠나고 25년 만에 혼자 생활을 시작한 참에 대학에서도 아직 관리직이 되기 전이라 회의할 일도 적어서, "부탁만 하면 얼마든지 책 쓸게요"라고 할 만큼 마음이 열린 상황이었습니다.

사전 협의를 위해 고베로 온 미시마 군은 피부가 희고 얼굴이 갸름한, 조금 못 미더워 보이는 인상의 청년이었습니다. 미팅 겸 중화요리점에서 서로 마주보고 저녁을 먹었는데, 그는 사양하는 것처럼 술도 거의 마시지 않고 음식도 열심히 먹지 않았습니다. 보통 편집자란 저자에게 자신이 기획한 것을 이것저것 이야기해서 어떻게든 책을 만들려합니다만, 미시마군은 특별히 나에게 어떤 책을 쓰게 하려는 계획도 없었던 모양이라(무계획은 그때부터 변하지 않았군요!) 오히려 이때까지 자신이 어떤 인생을 살아왔는지 띄엄띄엄 이야기했습니다. 저는 맥주를 마시고 과자를 집어먹으면서 그 이야기를 '으음, 으음' 하고 끄덕거리면서 듣고 있었습니다(이건 제 직업병이기도 한데, 젊은 사람이 하는 약간 초점이 빗나간 '자기 이야기'를 '으음, 으음'하고 듣는 게 특기입니다). 그중에서 "저는 나그네입니다"라고 이야기한 것이 굉장히 인상적이었습니다. 그런가, 이 사람은 나그네인가⋯⋯. 지금 일하는 출판사 일도 그다지 재미있어 보이지 않으니 그러면 어딘가로 가버리는 걸까, 이렇게 생각했습니다.

그때 아마 제 쪽에서 대학원 수업을 녹음해서 책을 만들자는, 그 후 『도시 공간』 시리즈의 원형이 되는 아이디어가 나온 것 같습니다. "아니오, 그걸 생각한 건 저인데요!"라고 말하는 편집자분(미시마 군을 포함해서)이 계셨다면, 이 자리를 빌어서 사과드립니다.

밥을 다 먹고 나서 고베 거리를 나란히 걷고, 헤어질 때 어쩐지 엉거주춤해 하는 미시마 군에게 "그럼 잘 가요"라고 손을 흔들면서, '이 청년에게는 무언가 특별한 구석이 있어. 그 〈특별한 구석〉이 뭔지는 잘 모르겠지만, 앞으로 오래 보게 되면 점점 알게 되지 않을까⋯⋯.' 이런 생각을 했습니다.

그로부터 10여 년을 지내고, 생각해보면 우리 둘이 콤비가 되어 꽤 많은 책을 냈습니다. 첫 책이 『도시 공간의 미국론』, 그러고 나서 『도시 공간의 중국론』, 『도시 공간의 교육론』, 『도시 공간의 문체론』, 지금은『도시 공간의 22세기론』의 교정쇄를 손대고 있습니다. 제게는 소중한 책이자 의미가 강한 책들뿐이군요. 어떤 책이든 미시마 군의 신중한 책 만들기와 애정이 느껴집니다. 좋은 편집자를 만났다고 지금도 감사하고 있습니다.

이 책을 읽고『도시 공간의 중국론』이 미시마샤가 자기 힘으로 출판한 첫 책이었다는 것을 떠올리게 되었습니다. 덕분에 출판사는 자리매김하게 되었고, 저는 아직 콘텐츠가 갖춰지지 않은 미시마샤에서 최초로 '팔리는 물건'을 만든 사람이라는 '자랑스러운 얼굴'을 할 권리를 얻을 수 있었습니다. 매년 정월에 미시마샤의 신년회(쥐가 뛰노는 그 지유가오카의 단독주택에서 하고 있습니다)에 방문하면 미시마 군을 시작으로 사원 일동이 아주 정중하게 인사하며 맞이하고, 밥상의 상석에(어디가 상석인 거죠) 앉혀주는 것은 그러한 사정이 있어서입니다. 이 신년회에 얼굴을 내미는 저자도 처음에는 저 히니였습니다만, 히라카와 카츠미 군이 책을 내고 나서 단골이 되고, 이어서 오다지마 다카시 씨(1956~. 일본의 칼럼니스트—옮긴이)가 추가되고, 올해에는 나카지마 다케시 씨(1975~. 일본의 정치학자, 역사학자—옮긴이), 모리타 마사오 군(1985~. 수학을 주제로 저술·강연하는 자칭 독립 연구자—옮긴이)도 더해져 차츰 큰 이벤트가 되었습니다. 내년에는 어떤 멤버가 모이게 될까요.

미시마 군이 독립해서 출판사를 시작하기로 결심했을 때 "이번에 출판사를 시작합니다"라고 선언하러 저희 집까지 와주었습니다. 이 책에 의하면 제가 "오오, 그거 좋은 일이다"라고 바로 찬성해서 그의 결심이 굳어졌다고 합니다만, 이것은 진짜입니다. 젊은 사람이 무언가 결심을 해서 새로운 것을 시작하려 할 때에는 전부 "오오, 그거 좋은 일이다"라고 즉답하는 것이 제 방식이니까요. "글쎄, 어떨런지……" 하고 불안한 얼굴을 해봤자 시작하는 사람은 시작해버리고, 시작한 이상은 꼭 성공하길 바랍니다. "너라면 분명 할 수 있어"라고 격려하는 편이 "과연 네가 할 수 있을까……"라고 걱정하는 것보다 성공할 가능성이 높습니다. 그러므로 이런 상황에서는 마치 그가 그러한 선언을 하러 올 거라고 몇 년 전부터 예측한 것처럼 자신만만하게 "너라면 할 수 있어"라고 고개를 끄덕여줍니다. 〈에이스를 노려라!〉(1973년에 방영된 애니메이션으로 테니스 부원들의 이야기를 다뤘다─옮긴이)에서 히로미가 무나카타 코치에게 "코치님, 저에게도 저만의 테니스를 가르쳐주세요"라고 부탁했을 때 무나카타 코치가 "히로미, 네가 그런 말을 하기를 반 년 동안 기다렸다"라고 말하는 그 호흡입니다. 다행히 내가 확실히 보증한 것이 다소 공을 세워, 미시마샤는 오늘날 번영하고 미시마 군은 미디어의 이목을 끄는 출판계의 풍운아가 되었습니다. 정말 축하할 만한 일입니다.

역시 이 책에는 나오지 않지만, 미시마 군은 '야생의 직감'을 따라 제가 예전부터 다니던 합기도 지유가오카 도장에 입문하여, 타다 히로시 선생님 밑에서 제 동문 사제가 되었습니다. '동문의 의리'로 더욱 깊게 연결된 저희 둘입니다만, 3월 11일 이후 그가 제2의 본거지를 관서 지방으로 이전하면서 제가 주재하는 타다학원 고난 합기회에 입문하게 됩니다. 이로 인해 미시마 군과 저는 '스승이라기에는 부모 같고, 제자라기에는 자식 같은' '사제'지

간이 되었습니다. 그리고 고시마 유스케(1979~. 일본의 건축가—옮긴이),
고토 마사후미(인기 락 그룹 '아시안 쿵푸 제너레이션'의 보컬—옮긴이), 모리
타 마사오, 칸키 나오토(오우테몬 대학 경영학과 부교수—옮긴이) 같은 개
풍관(우치다 타츠루가 운영하는 합기도 도장—옮긴이) 주변의 젊은 준재들과
교류하면서 미시마 군은 그들의 '형뻘' 격으로서 새로운 문화운
동을 강하게 이끌게 되었습니다. 이것도 또한 10년 전에는 상상도
못한 사태였습니다.

　미시마 군이 이제부터 어떤 활약을 할 것인가. 야생의 직감이
이끄는 대로 하는 것이니 예측하기 곤란하지만, 자신이 '살아가는
데 필요한 힘이 강해지는 방향'을 얼마나 잘 감지하는지는 제가
확실히 보증합니다. 젊은 사람들의 성장과 활약을 즐겁게 지켜볼
수 있는 '영감님'이라는 자리를 마련해준 것에 대해, 미시마 군에
게는 거듭 감사드려야겠습니다. 지금까지 고마웠습니다. 앞으로
도 잘 부탁합니다.

2014년 7월
우치다 타츠루

미시마샤에는 무언가
특별한 것이 있다

작년 가을, 여행책방 일단멈춤에서 '일본 서점 여행'이란 주제로 토크 이벤트를 하게 되었다. 츠타야나 마루젠 같은 대형 체인 서점부터 5평 남짓의 소규모 책방까지, 일본 구석구석의 개성 있는 책 공간과 그곳에서 가져온 책과 소품을 이야기하는 자리였다. 어떤 방식으로 소개하는 게 좋을까 고민하다가 레스토랑 등급에 따라 별점을 부여하는 미슐랭 가이드를 떠올리고는 내 맘대로 북슐랭 가이드를 만들기로 했다. 별 한 개는 근처에 갔을 때 시간이 난다면 들러볼 만한 서점, 별 두 개는 해당 도시를 방문한다면 시간을 내어 찾아가도 좋은 서점, 별 세 개는 이곳에 가기 위해 여행을 떠나도 아깝지 않은 서점이다. 내 취향을 반영해 선정한 곳들이긴 해도 나름의 기준을 가지고 신중하게 별을 붙였다. 그렇게 해서 북슐랭 쓰리스타를 단 서점이 교토의 미시마샤 책방이다.

한국과 일본을 통틀어 내가 가장 좋아하는 서점, 미시마샤 책방. 이 책방에 대해 얘기하려면 먼저 '미시마샤ミシマ社'라는 출판사를 짚고 넘어가야 한다. 올해로 창립 10주년을 맞는 미시마샤는 처음에는 대표인 미시마 씨 혼자서 시작한 1인 출판사였지만, 지금은 10명 정도의 인원에 도쿄와 교토에 각각의 사무실을 두고 활동하는 출판사로 성장했다. 도매상을 거치는 기존의 유통 방식을 따르지 않고 서점과 직거래를 하는 점, 출판하는 책 종류가 매우 다양한 '작은 종합 출판사'라는 점 등 운영 방식이 남달라 일본 내에서도 주목받고 있다. 이뿐만이 아니다. 미시마샤는 매일 기사가 업데이트 되어 한 달에 걸쳐 완성되는 월간지《모두의 미시 매거진みんなのミシマザッシ》이라는 웹 잡지를 편집·제작하고 있다.《모두의 미시 매거진》은 전세계 누구나 부담없이 읽어주었으면 하는 취지로 별도의 결제나 광고 없이 무료로 운영하고 있으며 미시마샤만의 독자 서포터 제도가 운영비를 뒷받침해주고 있다. 설명이 길었다. 이《모두의 미시 매거진》의 발행을 담당하는 곳이 교토 사무실이고, 교토 사무실 1층이 바로 미시마샤 책방이다. 평일에는 출판사 업무를 봐야 하기 때문에 책방은 매주 금요일과 달에 한 번 어느 토요일, 오후 1시부터 7시까지만 한정 오픈한다.

미시마샤 책방을 처음 방문한 건 작년 여름. 길을 헤매는 사람이 많다는 안내를 받았기 때문에 미리 찾아가는 방법을 출력까지 해왔음에도 불구하고 같은 장소를 여러 번 돌고 나서야 미시마샤 명

책방 영업일이 아니었기 때문에 사진에 보이는 안내판
이 없어 골목을 찾느라 애를 먹었다. 설마 이 좁고 막
다른 골목 사이에 책방이 있을 줄이야!

패가 달린 대문을 겨우 발견했다. 대문을 열고 안으로 들어가자 작은 정원이 딸린 아담한 2층 주택이 나왔다. 나와 메일을 주고받은 책방 담당 토리이 씨가 현관으로 마중나와 어색한 인사를 나누었다. 신발을 벗고 집안으로 들어서자 일본 드라마에서나 봤던 가정집 풍경이 눈앞에 펼쳐졌다. 다다미가 깔린 거실, 창호지 창문, 빛이 쏟아지는 툇마루… 그간 여러 번 일본을 방문했지만 늘상 호텔에서 묵었기 때문에 눈에 들어오는 모든 것들이 신기했다. 물론 신기해하는 건 나뿐만이 아니었다. 가끔 도쿄나 홋카이도에서 찾아오는 손님들은 있었지만, 매일 문을 여는 것도 아니고 베스트셀러도 판매하지 않는 이곳에 외국인이 방문한 건 내가 처음이라며 미시마샤 직원들도 나를 보고 신기해했다.

미시마샤에서 출간한 책은 물론이고 주목할 만한 소규모 출판사의 책들과 교토에서 출간한 리틀 프레스도 함께 취급한다는 토리이 씨의 안내를 받으며 본격적으로 책방 구경을 시작했다. 가장 먼저 눈에 들어온 건 POP다. 책을 소개하기 위해 만든 손바닥 만한 크기의 POP부터 벽과 천장에 매단 종이장식까지, 책방 안에 POP가 보이지 않는 곳이 없었는데 이중 같은 모양의 POP는 단 하나도 없었다! 일본에서는 POP가 매장의 개성 있는 분위기를 만든다고 생각하는 데다 POP 하나로 책의 매출이 좌우된다고 여기기 때문에 서점 직원이 직접 POP를 만드는 게 일반적이지만, 미시마샤는 자사 모든 책의 POP를 직접 만들어 서점에 전달한다. 이를 위해 전담하는 '도구점팀'이 따로 있을 정도다. 카피로 승부

미시마샤 책방 풍경. 1층은 책방, 2층은 사무실로 사용하고 있다.

책방 담당 토리이 씨. 미시마샤 책방에서 일하기 전에는
케이분샤 반비오 점에서 서점 직원으로 근무했다고 한다.

하는 POP, 디자인이 돋보이는 POP 등 곳곳에 놓여 있는 개성 있는 POP를 살펴보는 것도 미시마샤 책방을 구경하는 재미라면 재미다. 무엇보다 독자에게 책의 매력을 전하고 싶다는 의욕이 강하게 느껴진다.

책방 전체를 둘러보는 데 10분도 채 걸리지 않는 작은 공간이지만 군데군데 재미있는 장치들이 숨어 있어서일까. 책방을 구경하고 토리이 씨와 이야기를 나누다 보니 어느새 두 시간이 훌쩍 지나 있었다. 화들짝 놀라는 나를 보고 토리이 씨는 여유있게 웃으며 "일반 서점에 방문하는 손님들은 필요한 책을 사기 위해 평균 30분 정도를 체류한다고 합니다. 미시마샤 책방은 대부분의 방문객이 기본적으로 두 시간 이상을 머물러요. 점심 무렵에 와서 코타츠에 발을 들여놓고 책을 읽다 보면 어느새 저녁이 되어 있는 경우도 있어요."라고 말했다. 그랬다. 미시마샤의 명물인 코타츠! 하지만 이때는 한여름이라 코타츠를 경험해보지 못하고 아쉽게 돌아서야 했다.

미시마샤 책방을 다시 찾은 건 올 2월. 이 날만을 기다렸다는 듯 책방 안에 들어서기가 무섭게 코타츠 안에 다리를 쏙 집어 넣었다. 얼굴에 닿는 공기는 차가운데 테이블 아래 집어넣은 다리는 따끈따끈. 과연, 직접 경험한 코타츠의 매력은 기대 그 이상이었다. 토리이 씨가 흔히 볼 수 있는 일반적인 코타츠는 테이블 아래 전열기구가 설치돼 있지만 미시마샤 책방의 코타츠는 이 집이 처

색연필로 그리고 색종이를 오려붙이는 등 다양한 방식으로 만든
미시마샤표 POP. 모두 손으로 직접 만든다.

예상하지 못한 곳에서 POP가 불쑥 튀어나와 독자를 웃음 짓게 만든다.

미시마샤에서 펴낸 책 중에는 한국에 잘 알려진 마스다 미리의 책도 있다. 마스다 미리 코너에는 마스다 미리가 자필로 그림을 그리고 홍보 문구를 적은 POP와 함께 한국에서 출간된 문고판 수짱 세트가 진열되어 있다. 저자가 직접 만든 POP를 볼 수 있다는 점도 미시마샤 책방의 특징이다.

한 켠에서는 로고가 들어간 오리지널 에코백과 티셔츠를 판매한다. 미시마
샤의 로고는 출판사 이름인 미(ミ), 시(シ), 마(マ)의 카타카나 글자를이용해
사람 얼굴처럼 만들었는데, 일본의 유명 디자이너인 요리후지 분페이가 디
자인했다. 아주 간단한 방법으로 미시마샤의 재기발랄한 매력을 잘 드러낸
다.

음 지어졌을 때부터 있었던 호리 코타츠(방 한 군데를 네모나게 파고 바닥
에 전열기구를 설치해 아래에서 열기가 올라오는 형태)라고 설명해주었다. 세
월의 때가 묻은 오래된 코타츠 안에 발을 집어넣고 노근노근 책을
읽는 교토의 겨울은 벚꽃이 흐드러지게 핀 봄이나 단풍에 둘러싸
인 가을 못지 않게 감동이었다.

여름에는 볼 수 없었던 '서점의 후쿠부쿠로' 이벤트도 진행 중이

었다. 후쿠부쿠로(福袋)란 우리말로 복주머니를 뜻하는데 새해에 처음 파는 물건에 복을 넣는다는 의미를 담은 일본 풍습이다. '후쿠부쿠로'라고 쓰인 봉투 안에 어떤 물건이 랜덤으로 담겨 있으며, 무엇이 담겨있는지는 열어볼 때까지 아무도 알 수 없기 때문에 그 해의 운을 알아본다는 의미도 있다. 미시마샤 책방에서는 연초에 미시마샤 멤버가 고른 책 4~5권을 미시마샤 오리지널 에코백에 담아 5,000엔에 판매하고 있었다. 이중에는 미시마샤의 책이 반드시 한 권 들어간다. 평소라면 읽을 일이 전혀 없는 장르의 책이나 들어본 적이 없는 작가의 책이 들어 있을지도 모르지만 그런 우연한 만남을 즐겨주었으면 하는 마음에서 진행하는 이벤트라고 한다. '어떻게 해야 팔릴까'가 아니라 '어떻게 해야 독자가 기뻐할까'를 고민하는 미시마샤다웠다.

코타츠도, 후쿠부쿠로 이벤트도 재밌었지만 이번 방문에서 가장 인상깊었던 건 '서당 미시마샤' 행사였다. '서당 미시마샤'는 20~30명 정도의 참가자가 모여 책의 기획에서 판매까지 출판사에서 하는 활동을 하루 동안 체험하는 워크숍이다. 어떤 기획을 어떤 저자에게 의뢰해 책을 만들지 토론하는 편집의 시간, 책의 판매 방안을 고민하고 서점에서 영업하는 상황을 직접 시뮬레이션 해보는 영업의 시간, 마지막으로 도구점팀과 함께 POP를 만들어보는 시간까지 장장 5시간에 걸친 대장정이다. 독자에게 책이 만들어지는 현장을 체험할 수 있도록 하는 것은 물론 제작자만이 독점하고 있는 기쁨을 독자에게도 느끼게 해주고 싶다는 게 '서당 미시마샤'를 시작한 계기라고 한다. 한 발 더 나아가 작년부터 는 전체 프로그램 중 편집의 시간만 따로 떼서 '서당 미시마샤 편집편'을 진행하고, 여기서 나온 아이디어를 발전시켜 실제 책으로 만들고 있다. 작년 가을에 출간한 미시마샤 최초의 시판용 잡지인 《밥상》이 바로 그 결과물이다. 이번에 내가 참가한 '서당 미시마샤' 역시 올 가을 출간 예정인 《밥상》 2호의 특집을 의논하는 자리 였다.

이벤트가 열리는 목요일은 책방 영업일이 아니라서 혼자 전세낸 것처럼 여유롭게 책방을 구경하다가 저녁을 먹고 행사 시작 시간 인 7시에 맞춰 돌아왔다. 평일 저녁인 데도 앉을 자리가 없을 정 도로 사람들이 책방 안을 빼곡히 채우고 있었다. 참가자 연령대 는 대학생부터 50~60대에 이르기까지 매우 다양했다. 시작에 앞 서 미시마 씨가 《밥상》의 기획의도와 함께 창간호가 나오게 된 과 정을 설명했다. 미시마 씨의 이야기가 끝나자 본격적인 기획회의 가 시작되었다. 미시마샤는 행사 진행 역시 남달랐다. 우선 주변 에 앉은 3~4명씩 모여 팀을 만든다. 사이사이 앉아 있던 미시마샤 직원들이 함께 팀을 이루기도 했다. 나는 시청에서 근무하는 50대 여성, 타 출판사에서 편집자로 일하고 있는 30대 여성과 한 팀이 되었다. 최근 관심을 갖고 있거나 다음 《밥상》 특집에서 다뤘으면 하는 주제들을 자유롭게 이야기하고 그 내용을 A4용지에 적는다. 제한 시간은 5분. 그 다음에는 다시 2분 정도의 시간을 주고 이중 에서 단 하나의 기획만을 골라 발표하도록 한다. 미시마 씨는 독

교토 사무실에서 탄생한 미사마샤 최초의 시판용 잡지《밥상》. 미시마
샤는 도쿄 이외의 지역에서 종합 출판사의 움직임을 실현시키고 싶다
는 의도 아래 교토 사무실에서 다양한 활동을 펼치며 새로운 출판의 흐
름을 만들어 가고 있다.

'서당 미시마샤' 시작에 앞서 미시마 씨가《밥상》의 기획의도와 함께 창
간호가 나오게 된 과정을 설명하고 있다.

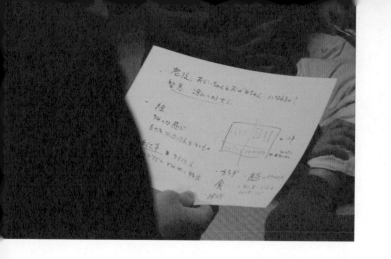

자들이 발표한 내용을 들으며 화이트 보드에 옮겨 적었다. 엉뚱한 기획이 튀어 나와 박장대소 하기도 하고, 모두가 공감하며 고개를 끄덕이는 기획도 있었다. 모든 팀의 발표가 끝나자 팀을 바꿔 달라는 명령이 떨어졌다. 아까 팀을 이뤘던 사람들과 겹치지 않도록 각자 앉은 자리에서 일어나 자유롭게 이동하고 다시 3~4명씩 팀을 짰다. 어떤 사람들이 연결되어 한 팀을 이루느냐에 따라 나오는 아이디어가 달라질 수 있다는 것을 예리하게 놓치지 않는 듯했다. 이번에 의논할 주제는 화이트 보드에 적혀 있는 기획 중에서 어떤 사람에게 원고를 청탁하면 좋을지(이 사람에게 이런 내용을 묻고 싶다), 어떤 공간을 취재하면 좋을지에 대한 의견을 모은다. 출판사 취업을 희망하는 대학생들과 한 팀이 되어 주어진 5분 동안 자유롭게 아이디어를 내고 다시 2분 동안 내용을 정리해 발표를 마쳤다. 각 팀에서 낸 의견을 받아 적느라 어느새 화이트 보드에는 빈자리가 없었다.

행사는 두 시간 반 가까이 진행되었는데, 다양한 연령대와 각기 다른 직업을 가진 사람들 사이에서 반짝이는 아이디어가 쏟아져 나왔다. 오늘 나온 의견들을 바탕으로 열심히 고민해서 《밥상》2호를 만들겠다는 미시마 씨의 인사를 끝으로 '서당 미시마샤'가 끝이 났다. 재밌는 건 이 행사가 참가자로부터 참가비 1,000엔(서포터는 500엔)을 받고 진행했다는 것이다. 독자들로부터 아이디어를 얻는 기획회의에 참가비라니? 하지만 행사가 끝나고 이어진 뒷풀이 자리에서 같은 테이블에 앉은 참가자의 소감을 들으며 곧 납득하게 되었다. "한 권의 책이 만들어지는 과정에 참여하게 되어 기쁘요.", "제가 하는 일과는 전혀 다른 출판 업무를 경험할 수 있어 좋았어요.", "저 역시 출판사에서 일하고 있지만 미시마샤 행사에 참여할 때마다 많은 자극을 받고 있어요." 지금 독자가 궁금해하고 관심을 갖고 있는 주제로 책을 만든다는 자세. 오늘 이 행사에 참여한 스무 명이 넘는 독자들은 앞으로도 계속해서 미시마샤의 책을 기대하고 지켜보고 응원할 거라는 강한 예감이 들었다. 뒷풀이를 끝내고 숙소로 돌아와 보니 개인 SNS에 올려두었던 '서당 미시마샤' 참가 후기에 많은 댓글이 달려 있었다. 평소 잘 알고 지내던 편집자의 글이 유독 눈에 띄었다. "두근거렸어요. 공급자가 아니라 커뮤니케이터여야 하는데. 저를 돌아보게 됩니다."

그 날 이후로 미시마샤 창업 분투기를 담은 이 책이 한국에 소개되기를 줄곧 바랐다. 일주일에 딱 하루만 여는 책방에 들르기 위해 도쿄에서 홋카이도에서, 심지어 바다 건너 외국에서 사람들이 찾아오게 만드는 매력. 작은 출판사의 편집회의에 일반 독자는 물론이고 타 출판사의 편집자나 서점 직원까지 나서서 적극적으로 참여하게 만드는 힘. 이 책에는 지금의 미시마샤를 만든 원동력이 무엇인지 잘 담겨 있다. "내가 있는 출판이라는 세계를 재미있게 하고 싶다." "한 권의 책 안에 '재미'를 가득 담아, 최단거리로 독자에게 전한다." "미시마샤에서는 일단 '재미있'다는 이유로 시작하고싶었다. 그 '재미'를 최대한 끌어내서 그 '최대한의 재미'에 더욱 알맞은 출구를 찾고 싶다." "미시마샤 책의 공통점은 모두

'책'이라는 것뿐이다. 더 말하자면 '재미있다'고 믿어 의심치 않고 만든 책들뿐이다." 이 책에는 '재미'라는 단어가 무려 36번이나 등장한다. 아는 사람은 열심히 하는 사람을 못 이기고 열심히 하는 사람은 즐기는 사람을 못 이긴다고 했던가. 이 책을 통해 거창한 이상보다 매일의 즐거움을 쫓는 미시마샤의 이야기가 한국의 더 많은 젊은이에게 닿기를, 독자에게 책의 재미를 전하기 위해 노력하는 미시마샤의 이야기가 한국의 더 많은 출판인에게 전달되기를, 진심으로 바란다.

2016년 8월
북디렉터 정지혜

미시마샤는 독특한 출판사다. 우선 '작은 종합 출판사'를 지향한다는 점에서 그렇다. 소규모 출판사라면 특정 분야에 특화되어 운영되는 경우가 많다. 장르 문학 전문 출판사, 공부법 전문 출판사, 사회과학 전문 출판사 등, 작은 출판사는 분명한 자기 색깔이 있어야 한다는 의식을 많은 사람들이 공유하기 때문이다. 그런데 미시마샤는 책 분야에서 자기 색깔을 드러내는 것이 아니라 출판사를 운영하는 방식에서 자기 색깔을 드러내는 특이한 출판사다. 일본 출판 유통의 80퍼센트를 장악한 닛판日販, 토한東販이라는 도매상을 통하지 않고 서점마다 일일이 직거래를 하러 다니는 것도 그렇고, 직접 손으로 쓴 독자 엽서나 미시마샤 통신, POP 등을 통해 독자와 소통하려 하는 것이며, 출판 워크숍을 개최해서 책 만드는 과정을 사람들이 실제로 겪어보게 하는 등 보통의 출판사라면 하지 않는 일을 한다. 책에서는 미시마샤를 운영하는 본인이 써서 그런지 얌전한 느낌을 주지만, 실제 일본에서는 '저런 괴짜 같은 출판사가 다 있네'라는 평가를 받는 출판사가 미시마샤다. 여러 매체에서 미시마 쿠니히로라는 사람이 어떤 생각을 가지고 출판사를 운영해가는 것인지 인터뷰하고, 지유가오카의 쥐가 뛰노는 단독주택에서 사원들이 조그맣고 동그란 밥상에 옹기종기 모여 회의하는 모습이 텔레비전 뉴스로 방영될 정도다.

이런 별스런 출판사 미시마샤의 활동을 그린 이 책은 작은 출판사라면 공감할 만한 내용들로 채워져 있다. 작은 출판사에서는 업무가 칼 같이 나눠지지 않는다. '잡일까지 포함하여 전부 자신의 일'이다. 출판을 시작하면 사무실 위치를 어디로 할 것인지부터 시작해서 편집은 어떻게 할 것인지, 책을 제작하는 데 필요한 종이는 어떻게 계산해야 하는지, 어느 인쇄소에 작업을 맡길 것인지, 영업은 어떻게 할 것인지 등 허둥지둥하며 과정을 하나하나 해치워야 한다. 그러면서 법인 예금 계좌 액수를 보고 좌절하기도 하고, 회사 규모를 어떻게 해야 할 것인지도 고민하게 된다. 이렇게 좌충우돌하며 회사를 유지해온 출판사가 적지 않을 것이다.

어느 출판사나 그렇지만, 책의 만듦새를 신경 쓰지 않는 곳은 없다. 미시마샤는 한 권, 한 권의 책을 만들 때마다 공을 들이는 것을 작은 출판사의 강점으로 삼았다. 큰 출판사라면 그 규모의 회사를 돌아가게 해야 하기 때문에 물리적으로 많은 양의 책을 만들어야 한다. 산술적으로 따져도 한 권에 쏟을 수 있는 기간과 노력이 상대적으로 적을 수밖에 없다. 하지만 작은 출판사는 규모가 작기 때문에 회사를 돌아가게 하기 위해 큰 출판사만큼 많은 양의 책을 찍어낼 필요가 없다. 그렇기에 한 권, 한 권마다 상대적으로 시간과 노력을 더 쏟아서 양질의 책을 만들기 위해 애쓸 수 있다. 아무도 모르는 작은 출판사지만 공 들여 만든 한 권을 독자가 손에 들어줌으로써 회사는 돌아가고 책은 생명을 얻는다. 아마 이것이 작은 출판사가 살아남기 위한 기본 전략이 아닐까?

이 책이 '갈라파고스'라는 출판사에서 나오는 것에 대해 고개를 갸우뚱하는 분이 계실지도 모르겠다. 대외적으로 갈라파고스 출판사의 이미지는 무게감 있는 인문사회 책을 내는 곳이기 때문이다. 사실 이 책을 계약할 때에도 에이전시 측에서 "갈라파고스에서 이 책을요?"라는 소리를 들었다. '이전에 내던 책들에 비하면 굉장히 가벼운 책을, 그것도 출판사에 대한 에세이를, 갈라파고스가요?' 이런 뜻이 숨겨져 있지 않았을까. 그런데도 출간을 결정했던 이유는 미시마샤와 갈라파고스가 상당히 닮았기 때문이다. 사원 수가 적은 작은 출판사인 것, 연간 10종 이하로 출간하는 것(심할 때는 1년에 4권이 출간된 적도 있다), 한 권, 한 권마다 공을 들여 만드는 것, 회사일이 즐거워야 한다고 생각하며 그러기 위해 노력하는 것 등, 여러 가지 부분에서 동질감을 느꼈던 것이다. 물론 괴짜인 정도로 따지면 미시마샤를 따라가기 어렵겠지만, 작은 출판사로 활동하면서 겪었던 일들과 느낌들을 이 책이 잘 전해준다고 생각한다.

미시마샤의 출판 분투기는 무겁지 않고 유쾌하다. 회사를 운영하다보면 좋은 일만 있는 게 아니라 안 좋은 일도 있게 마련이다. 잘 나가는 책이 나오기도 한다면 1쇄도 다 못 팔고 허덕이는 책도 있다. 하지만 저자가 말하듯이 안 좋은 일이 있다고 해서 한숨만 내쉬지 말고, 평범한 일상일지라도 즐겁고 유쾌하게 보내며 책 만들기라는 일을 즐길 수 있어야 한다. 좋은 책이란 그런 마음가짐에서 태어난다. 그런 의미에서 이 책은 출판계에서 일하는 나에게 적지 않은 자극을 주었다. 이 책을 통해 많은 분들이 긍정적인 힘을 얻어갔으면 한다.

2016년 8월
윤희연

좌충우돌 출판사 분투기
작지만 강한 출판사 미시마샤의 5년간의 성장기

1판 1쇄 인쇄 2016년 8월 18일
1판 1쇄 발행 2016년 8월 25일

지은이 미시마 쿠니히로 | 옮긴이 윤희연
기획 임병삼 | 편집 백진희 | 마케팅·홍보 김단희 | 디자인 가필드

펴낸이 김경수 | 펴낸곳 갈라파고스
등록 2002년 10월 29일 제13-2003-147호
주소 121-897 서울시 마포구 토정로 13-1(합정동) 국제빌딩 5층
전화 02-3142-3797 | 전송 02-3142-2408
전자우편 galapagos@chol.com
ISBN 979-11-87038-08-5 (03830)

이 도서의 국립중앙도서관 출판예정도서목록(CIP)은 서지정보유통지원시스템 홈페이지(http://
seoji.nl.go.kr)와 국가자료공동목록시스템(http://www.nl.go.kr/kolisnet)에서 이용하실 수 있습
니다. (CIP제어번호 : CIP2016019146)